基督山伯爵

[法] 大仲马　著

王伟　译

作家出版社

图书在版编目（CIP）数据

基督山伯爵/（法）大仲马著；王伟译.--北京：
作家出版社，2015.11（2019.10重印）
（小书虫读经典）
ISBN 978-7-5063-8320-2

Ⅰ.①基… Ⅱ.①大… ②王… Ⅲ.①长篇小说—法
国—近代 Ⅳ.①I565.44

中国版本图书馆CIP数据核字（2015）第226635号

基督山伯爵

作　　者：［法］大仲马
译　　者：王　伟
责任编辑：王　炘
装帧设计：高高国际
出版发行：作家出版社有限公司
社　　址：北京农展馆南里10号　　邮　　编：100125
电话传真：86-10-65067186（发行中心及邮购部）
　　　　　86-10-65004079（总编室）
E-mail:zuojia@zuojia.net.cn
http://www.zuojiachubanshe.com
印　　刷：北京盛通印刷股份有限公司
成品尺寸：148×210
字　　数：142千
印　　张：8.5
版　　次：2015年11月第1版
印　　次：2019年10月第4次印刷
ISBN 978-7-5063-8320-2
定　　价：26.80元

人类的一切智慧是包含在这四个字里面的：
"等待"和"希望"！

——大仲马

❈── 名家寄语 ──❈

　　我们也许逃不过这样的荒诞：阅读极其泛滥又极
其荒凉，文化极其壅塞又极其贫乏。这里倒有一条安
静的自救小路：趁年轻，放松心情读一点经过选择的
经典。

——余秋雨

　　多出优良书，让中国的童年阅读更优良。

——梅子涵

❈── 名家谈阅读 ──❈

孔　子　　学而不思则罔，思而不学则殆。

莎士比亚　书籍是人类知识的总结。书籍是全世界的
　　　　　　营养品。

培　根　　读书使人充实，讨论使人机智，笔记使人
　　　　　　准确，读史使人明智，读诗使人灵秀，数
　　　　　　学使人周密，科学使人深刻，伦理使人庄
　　　　　　重，逻辑修辞使人善辩。凡有所学，皆成
　　　　　　性格。

歌　德　　读一本好书，就是和许多高尚的人谈话。

普希金　读书是最好的学习。追随伟大人物的思想，是最富有趣味的一门科学。

高尔基　我读书越多，书籍就使我和世界越接近，生活对我也变得越加光明和有意义。

鲁　迅　读书无嗜好，就能尽其多。不先泛览群书，则会无所适从或失之偏好，广然后深，博然后专。

季羡林　书是事关人类智慧传承的大事。读书不是"天下第一好事"又是什么呢？

王　蒙　读书是一种风度，读书要趁早，要超前读书，多读经典。

于　丹　生活就是一锅滚开的水，它一直都在煎熬你，问题是你自己以什么样的质地去接受煎熬，最终会看到不同的结果。读书就是干这个的，就是滋养自己。

贾樟柯　我们心灵敏感之程度，或洞悉人情世故的经验，很多都来自阅读。

杨　澜　读书可以增加一个人的底气，也许读过的东西有一天会全部忘掉，但正是这个忘掉的过程，塑造了一个人的知识结构和举止修养。

◆—— 著名翻译家 简介 ——◆

吴钧陶 中国作家协会会员，上海翻译家协会理事，曾为上海太平洋出版公司编辑，人民文学出版社上海分社及上海译文出版社编审。

白　马 中国作家协会会员，浙江大学传媒与国际文化学院副教授、国际文化学系副主任，著名翻译家。

张友松 著名翻译家，在鲁迅的推荐下曾任上海北新书局编辑，新中国成立后任《中国建设》编辑。张友松先生是马克·吐温中文译本第一人。

宋兆霖 著名翻译家，中国作家协会会员，迄今已出版文学译著五十多种，2000余万字，译著曾多次获奖。

刘月樵 中国翻译协会表彰"资深翻译家"，中国意大利文学研究会理事，中国国际广播电台意大利语部译审，著名翻译家。

黄　荭 巴黎第三大学-新索邦文学博士，南京大学法语系教授，博士生导师，著名翻译家。

晏　榕 著名翻译家，文学博士，教育部人文社科基金项目主持人，主要从事东西方诗学及文化理论研究。

李自修　山东师范大学外国语学院教授，毕业于北京
大学西语系，曾任教美国旧金山州立大学。

傅　霞　上海外国语大学博士，浙江理工大学外国语
学院副教授，著名翻译家。

管筱明　湖南省作家协会会员，中南出版传媒集团资
深编审，翻译著述颇丰，尤以法语为主。

黄水乞　厦门大学国贸系教授，著名翻译家。

姜希颖　浙江大学英语语言文学硕士，浙江外国语学
院英语教师，主要从事美国文学、美国现代
主义诗歌研究。

王晋华　英美文学硕士，中北大学外语系教授、硕士
生导师，英美文学研究与译著多部。

王义国　翻译家，教授，英美文学研究和译著多部。

杨海英　浙江省作家协会会员，北京大学硕士，主要
从事新闻工作和文学翻译。

姚锦镕　著名翻译家，任教于浙江大学，主要从事
英、俄语文学翻译工作，译著颇丰。

张炽恒　外国文学译者，上海翻译家协会会员。

周　露　外国文学译者，俄罗斯语言文学硕士，浙江
大学外语学院俄语副教授。

种好处女地
——"小书虫读经典"总序

梅子涵

　　儿童并不知道什么叫经典。在很多儿童的阅读眼睛里，你口口声声说的经典也许还没有路边黑黑的店里买的那些下烂的漫画好看。现在多少儿童的书包里都是那下烂漫画，还有那些迅速瞎编出来的故事。那些迅速瞎编的人都在当富豪了，他们招摇过市、继续瞎编、继续下烂，扩大着自己的富豪王国。很多人都担心呢！我也担心。我们都担心什么呢？我们担心，这是不是会使得我们的很多孩子成为一个个阅读的小瘪三？什么叫瘪三，大概的解释就是：口袋里瘪瘪的，一分钱也没有，衣服破烂，脸上有污垢，在马路上荡来荡去。那么什么叫阅读瘪三呢？大概的解释就是：没有读到过什么好的文学，你让他讲个故事给你听听，他一开口就很认真地讲了一个下烂，他讲的时候还兴奋地笑个不停，脸上也有光彩。可是你仔细看看，那个光彩不是金黄的，不是碧绿的，不是鲜红的。那么那是什么的呢？你去看看那是什么的吧，仔细地看看，我不描述了，总之我也描述不好。

所以我们要想办法。很多很多年来，人类一直在想办法，让儿童们阅读到他们应该阅读的书，阅读那些可以给他们的记忆留下美丽印象、久远温暖、善良智慧、生命道理的书。那些等他们长大以后，留恋地想到、说起，而且同时心里和神情都很体面的书。是的，体面，这个词很要紧。它不是指涂脂抹粉再出门，当然，需要的脂粉也应该；它不是指穿着昂价衣服上街、会客，当然，买得起昂价也不错，买不起，那就穿得合身、干干净净。我现在说的体面是指另一种体面。哪一种呢？我想也不用我来解释吧，也许你的解释会比我的更恰当。

生命的童年是无比美妙的，也是必须栽培的。如果不把"经典"往这美妙里栽培，这美妙的童年长着长着就弯弯曲曲、怪里怪气了。这个世界实在是不应当有许多怪里怪气、内心可恶的成年人的。这个世界所有的让生命活得危险、活得可怜、活得很多条道路都不通罗马的原因，几乎都可以从这些坏人的脚印、手印，乃至屁股印里找到证据。让他们全部死去、不再降生的根本方法究竟是什么，我们目前无法说得清楚，可是我们肯定应该相信，种好"处女地"，把真正的良种栽入童年这块干净土地，是幼小生命可以长好、并且可以优质成长的一个关键、大前提，一个每个大人都可以试一试的好处方，甚至是一个经典处方。否则人类这么多年来四面八方的国家都喊着"经典阅读"简直就是瞎喊了。你觉得这会是瞎喊吗？我觉得不会！当然不会！

我在丹麦的时候，曾经在安徒生的铜像前站过。他为儿童写过最好的故事，但是他没有成为富豪。铜像的头转向左前方，安徒生的目光童话般软和、缥缈，那时他当然不会是在想怎么成为一个富豪！陪同的人说，因为左前方是那时人类的第一个儿童乐园，安徒生的眼睛是看着那个乐园里的孩子们。他是看着那处女地。他是不是在想，他写的那些美好、善良的诗和故事究竟能栽种出些什么呢？他好像能肯定，又不能完全确定。但是他对自己说，我还是要继续栽种，因为我是一个种处女地的人！

安徒生铜像软和、缥缈的目光也是哥本哈根大街上的一个童话。

我是一个种处女地的人。所有的为孩子们出版他们最应该阅读的书的人也都是种处女地的人。我们每个人都应当好好种，孩子们也应当好好读。真正的富豪，不是那些瞎编、瞎出下烂书籍的人，而应当是好孩子，是我们。只不过这里所说的富豪不是指拥有很多钱，而是指生命里的优良、体面、高贵的情怀，是指孩子们长大后，怎么看都是一个像样的人，从里到外充满经典气味！这不是很容易达到。但是，阅读经典长大的人会渴望自己达到。这种渴望，已经很经典了！

作者像

译本序

　　本书的作者大仲马（1802—1870），全名为亚历山大·仲马，是法国19世纪浪漫主义作家、杰出的通俗小说家。1829年，他的剧本《亨利第三及其宫廷》得到了公众的认可。从那之后，大仲马的文学才华逐渐展露出来，成为了"巴黎之狮"。大仲马被认为是法国文学界的杰出代表，作品影响十分深远，可以说到达了文明世界的所有角落。他的一生一共写了二百多部小说与剧本，其中著名的有《三个火枪手》《基督山伯爵》《二十年后》《布拉热洛纳子爵》和《王后的项链》等。最著名的就是《三个火枪手》与《基督山伯爵》这两部作品。

　　大仲马三岁时，父亲病故。到了二十岁，他一个人开始在巴黎闯荡。他曾经当过公爵的书记员、国民自卫军指挥官。在拿破仑三世发动政变时，他因为拥护共和而流亡。大仲马终其一生都信守共和政见，他反对君主专政，憎恨复辟王朝和七月王朝，反对第二帝国。大仲马父母早逝，又因为是黑白混血，一生都遭受着种族主义的歧视，心中受尽了创伤。但是正因为他特殊的家庭背景以及丰富的人生经历，大仲马形成了反对不公平、追求正义的叛逆性格。他勤奋刻苦，自学成才，一生创作的各类作品达三百卷之多，主要以小说和剧作著称于世。在此之外，大仲马的回忆录也具有一定的文学价值。大仲马被别林斯基称为"天才的小说家"，马克思说大仲马是自己"最喜欢"的作家之一。更有趣的是，大仲马的儿子小仲马被他自己戏称为他"最好的作品"，小仲马也是著名作家，代表作是《茶花女》。

《基督山伯爵》是大仲马的杰出作品。它所呈现给我们的是一个跌宕起伏的报恩复仇的故事。在阅读它之前，也许你从没有想过世界上会有如此曲折的故事。一个风华正茂的年轻人就要拥有杰出的事业与美好的婚姻，但是就在他最幸福的时刻，一场精心谋划的陷害将他送入了不见天日的深牢中。命运向他开了一个极大的玩笑，他的人生变得悲惨不堪，毫无意义。如果是你，你会放弃自己吗？这个年轻人没有放弃，他遇到了博学多才的长老，从这一刻起，他的命运有了一次急转弯。当他从牢里逃脱时，已经在牢中度过了十四年的光阴。这时的他已经是一位精明和有智慧的人，并且在长老的指导下得到了一笔巨大的财富，成为了基督山伯爵。他变得有权有势，如果是你，会开始挥霍人生吗？这个人没有选择挥霍，他爱憎分明，用自己的智慧与财富报答了自己的恩人，惩罚了陷害自己的人。就在完成这一切时，他选择的却是匆匆离去。这就是《基督山伯爵》的故事，就是这样的曲折生动，每一处都出人意料。在大仲马独具匠心的安排下，整个故事高潮起伏，七十多个人物被安排得环环相扣，每一个情节发展都展现了精密的构思，让人目不暇接。

就是这样跌宕起伏的故事情节，这样清晰明朗的完整结构，这样生动有力的语言风格，这样灵活机智的对话，使得《基督山伯爵》成为了大仲马小说中的经典之作。

Le Comte de Monte-Cristo

目 录

第一章 归来

一艘名叫"埃及王"号的船无精打采地进入马赛的港口。围观的人群都感受到一定是有什么不好的事情发生在了这艘船上。究竟是发生了怎样的事情，让归来的"埃及王"号阴沉得像笼罩在乌云下呢？

1815年2月24日，圣琪安堡的阳台上聚集了许多人，他们都是来看一艘船进港的。要知道，对于马赛的人们来说，如果有船进港可是一件大事呢。更加引人关注的是，这艘船是"埃及王"号。船渐渐出现在人们的视野中，可是它却行驶得那样缓慢。它那无精打采的样子，让岸上的人们都感受到似乎有什么不好的事情发生了。

来看热闹的人们开始议论纷纷，你看看我，我看看你，都没人知道到底这艘船发生了什么可怕的事情。如果是有航海经验的人看到这艘船，就可以知道，问题绝对不会是出在船的本身。因为虽然船行驶得无精打采，却没有失去操纵。一个青年用精准与娴熟的技巧操控着"埃及王"号。这个青年拥有着敏锐的眼光，身材瘦长的他看起来大概十九或二十岁。一双乌黑的眼睛和一头浓黑的头发让他显得更加的刚毅和坚定。这是经历过风险与坎坷的人才能拥有的品质。

这时，不安的人群中终于有一位先生按捺不住，要去一探究竟。他跳进了一只小艇，向"埃及王"号驶去。船上的青年看到了他，立刻脱下了帽子走到船边。

"是你吗？邓蒂斯？"那位先生焦急地喊道，"快告诉我到底发生了什么事情？这艘船的气氛怎么会这么压抑？"

青年邓蒂斯低沉着声音回答道："真的是太不幸了，莫莱尔先生！太不幸了！我们永远地失去了我们伟大的黎克勒船长——"

"货呢？"船主着急地问道。

"没有问题，货都很安全，您可以放心。可是我们可怜的黎克勒船长啊——"邓蒂斯痛苦地低下了头。

"勇敢的黎克勒船长到底是怎么了？"

"他得了脑膜炎，痛苦地去世了。"邓蒂斯虽然很痛苦，但还是适时地转过身向船员们喊，"全体注意了！准备下锚！"船员们立刻遵守命令行动了起来。邓蒂斯这才安心地转回身面向船主。

船主对邓蒂斯说："不要太伤心了。邓蒂斯，你要知道，只要是凡人，总会有离开人世的那一天。你可以保证我的货物——"

"您的货完好无损，莫莱尔先生，相信我吧。"邓蒂斯坚定地对船主莫莱尔说。

"现在注意，落帆！卷帆！"邓蒂斯似乎是在巨大的战舰上一样发号施令。听到了邓蒂斯的指令，船员们便立即执行，"埃及王"号便不再向前移动了。

邓蒂斯看到船主似乎有点着急了，便抛给莫莱尔先生一条绳子："先生，您请上船吧。负责货物的押运员邓格拉司先生已经走出船舱了，他会详细告诉您的。"船主抓住了绳子，敏捷地登上了船，邓蒂斯便去忙自己的任务了。押运员邓格拉司走向船主，他大约有二十五六岁，天生就长着一张巴结上司却轻视下属的样子，那可不是一张讨人喜爱的面孔。再加上邓格拉司的个人作风，船员们都十分讨厌他，甚至到了憎恶的程度。船员们爱戴着的是爱德蒙·邓蒂斯。

"莫莱尔先生，我想您一定听说了我们的不幸，对吗？"邓格拉司开口说道。

"是啊！黎克勒船长真是不幸啊，他是那么勇敢又诚实。"莫莱尔把目光转到了正在指挥船员的邓蒂斯身上接着说，"我想一位优秀的水手就是要用心去做每一份工作，不是只有老船员才是优秀的。你看邓蒂斯，他不需要任何人说，就似乎足够称职了。"

邓格拉司只是轻轻扫了一眼邓蒂斯，眼神里不觉露出了仇恨。"是的，他年轻，但是年轻人总是太过于自信。您要知道，当时我们的船长还没断气时，邓蒂斯就开始擅自发号施令了。并且没有直接回马赛。他居然还去了厄尔巴岛，使航行延误了一天半。"

"说到这只船的指挥权，既然邓蒂斯是大副，那么负责这艘船当然就是他的责任。至于你说到的延误一天半这件事，那可就是他的错了。除非是这艘船出了什么问题。"莫莱尔回答道。

"才不是呢，这艘船就像您和我的身体一样，是没有任何问题的。他只是想去岸上玩，那就是浪费时间。才没有什么别的事情呢。"

船主听到邓格拉司的话，立刻转身喊那努力工作着的青年："邓蒂斯！快到这儿来！"

"等下，先生，我这就来。"邓蒂斯应声道。随后对船员喊道："注意！下锚！"

　　"您看啊！他简直就是已经认定自己是船长了！"邓格拉司看到邓蒂斯发号施令的样子抱怨着。

　　"事实上，他也已经是了。"听到船主说出这句话，邓格拉司慌张了，赶忙说："那可是需要您和您的合伙人一起签字才可以的啊，莫莱尔先生。"

　　"那可不是什么难事，也许他还年轻，但是他已经是一名经验丰富的水手了。"船主回答道。

　　这下，邓格拉司的头顶就像是有一片乌云一样阴暗了。

　　"不好意思，莫莱尔先生，"邓蒂斯走了过来，"船刚刚停好了，您尽管吩咐我吧。您叫我有什么事呢？"

　　"我是想问，你为何要在厄尔巴岛停留一天半呢？"

　　"其实我也不清楚是为什么，但那是黎克勒船长的最后一个命令。我是去执行他交给我的任务，他要我交给柏托兰元帅一包东西。"邓蒂斯回答道。

　　"那你见到元帅了吗？邓蒂斯？"

　　"见到了。"

　　莫莱尔四下望了望，就将邓蒂斯拉到了一边，问道："那陛下他还好吗？"

　　"他看起来身体非常健康。"

"那么说你见到陛下了？"

"是的，我在元帅的房间时，他就走进来了。"

"你和他说话了吗？"

"是他先和我说话的。"邓蒂斯微笑地回答道，"他询问我关于船的事情。在我回答到船属于莫莱尔父子公司的时候，'哦，哦！'他说，'我知道莫莱尔父子公司！这个家族世世代代都是船主。当我在瓦朗斯驻守的时候，我的队伍里也有一个人姓莫莱尔。'"

"是的！一点没错！"船主开心极了，"那就是我的叔叔啊，他后来做了上尉。邓蒂斯，你一定要把这段话告诉我的叔叔，告诉他陛下一直记得他呢。那么你一定会看到那个老军人感动的泪水的。"他慈爱地轻拍着邓蒂斯的肩膀说道："你做得十分正确。执行船长的命令是应该的，可是如果让别人知道你带了一包东西给元帅，甚至还和陛下说过话，那么你会受到牵连的。"

"为什么我会受到牵连呢？"邓蒂斯疑惑地询问，"我完全不清楚那包东西是什么，陛下问的问题也是很普通的问题啊。哦，对不起，先生，海关的人来了。"青年离开了莫莱尔先生，迎了上去。

等到邓蒂斯一离开，邓格拉司就贴了过来，"看来他对您说了一个充分的理由，是吗？"

"是的，足够充分，亲爱的邓格拉司，停留在厄尔巴岛是黎克勒船长吩咐的。"

"那就好，您知道如果看到同事不尽责，对我来说是很难受的事情。那么他有没有转交给您一封信呢？"邓格拉司低声问道。

"给我的信？没有啊！"

"我相信除了那包东西，黎克勒船长还要他转交一封信的。"

"邓格拉司，你怎么知道会有一包东西？"

邓格拉司瞬间涨红了脸，"那是因为有一次我经过船长室，那门半开着。我就看到了船长把一包东西和一封信交给了邓蒂斯。"

"哦，他没有和我说这件事，但我想，如果有那封信他一定会交给我的。"

邓格拉司思考了一会儿，对莫莱尔先生说："先生，我求您，您千万不要和邓蒂斯说起这件事，也许是我搞错了。"

正说到这儿，邓蒂斯回来了，邓格拉司便趁机离开了。

"那么，亲爱的邓蒂斯，你现在没有事情了吧？"船主问青年。

邓蒂斯看了看周围说："是的，先生，一切都没有问题了。"

"那么，可以和我一起去吃饭吗？"

"请您原谅，先生。我现在应该去看望我的父亲，非常感谢您的邀请。"

"这很对，邓蒂斯，我早就知道你是个孝顺的儿子。那么，你先去看你的父亲，我们可以等你。"

"我还是得请求您的原谅，莫莱尔先生。我看望了我的父亲后还需要去一个地方。"

"哦，邓蒂斯，我忘记还有一个人像你的父亲一样焦急地等待您归来呢，那就是美丽可爱的美茜蒂丝啊。"

邓蒂斯的双颊微微地泛红了。

"哈哈！她可是来我这里探问了三次你的消息。好了，好了，我就不耽误你了，你把我的事情做得这么完美，你当然可以去自由地办自己的事情了。"

"那么，我可以走了吗？"

"当然可以，如果你已经没有什么事情告诉我了。"

"没有了，先生。"

"黎克勒船长临终前，没有让你转交给我一封信吗，邓蒂斯？"

"船长那时已经没法动笔了，但我想起来一件事，先生。我可不可以向您请两个星期的假呢？"

"你是要结婚吗？"

"是的，先结婚，然后去巴黎。"

"好的，没问题，邓蒂斯。从船上卸货就需要六个星期，那么之后总得三个月才会出海。你只要在三个月内回来就可以，因为'埃及王'号，"船主微笑着，轻拍青年水手的背接着说，"没有一位船长，就不能出海啊。"

"没有船长！"邓蒂斯瞪大了双眼，兴奋地叫道，"您说什么，您可是说出了我最深的希望了呀！您真的让我担任'埃及王'号的船长了吗？"邓蒂斯已经无法抑制住自己的激动，双手紧紧地握住船主的手，泪水充满了眼眶，"哦！莫莱尔先生，真是太感谢您了，我代表我的父亲和美茜蒂丝感谢您！"

"好了，好了，邓蒂斯，好心人会受到保佑的！快去你的父亲和你的未婚妻那里吧，然后再来我这里。"

"那么，莫莱尔先生，再会。万分感谢您！"

"祝你好运，我亲爱的邓蒂斯！"目送着青年飞快地驾着小船离开港口，船主的笑容一直挂在脸上。他转过身看到邓格拉司就站在身后。邓格拉司看起来好像是在等待船主的吩咐，但其实是和船主一样目送着邓蒂斯离开。但是他们两人的眼神所传达的却是完全不同的内容。

第二章　欢聚

　　"埃及王"号上的爱德蒙·邓蒂斯将要成为新的船长，对于年轻的他来说这是天大的喜讯，但是对于同船的邓格拉司却是一场霾耗。年轻人飞奔回家去看望自己的老父亲，却碰到了小肚鸡肠的邻居卡德罗斯。邓蒂斯又跑去看自己日思夜想的心爱的人，却碰到了情敌弗南。这个坦荡幸运的年轻人能如此顺利地迎接幸福吗？

　　邓蒂斯穿过一条条街道，向家奔跑着。他进了一家小房子，在黑暗的楼梯中一只手摸索着栏杆，一只手捂住自己剧烈跳动的心脏。他又向上奔跑了四层楼梯，终于在一扇半开着的房门前停下来了。这半开门的小房间就是邓蒂斯父亲的住处。"埃及王"号抵达的消息还没有传到老人的耳中。这时的老人正颤颤悠悠地站在椅子上，用手指尽力地绑扎着牵牛花，他想把它们变成一个花棚。突然，一双手使劲环抱住了老人的身体，熟悉的声音在身后大声地喊着："爸爸！我亲爱的爸爸！"老人震惊地叫出声来，转身看到是自己朝思暮想的儿子，便虚弱地倒在了儿子的怀中。

"爸爸！您怎么了，病了吗？"邓蒂斯又惊讶又担心地问。

"不，我亲爱的邓蒂斯，我的宝贝儿子！我是太开心了，没有想到你现在会回来。突然看到你，我吓了一跳！"

"爸爸！真的是我！高兴点！是我回来了，我们就要过快乐的生活了！"

"难道你永远不离开我了吗？我亲爱的孩子，快告诉我，你交到了什么好运？"

"爸爸，我们那位伟大的黎克勒船长去世了，这不可避免地发生了，上天宽恕我用他人的悲痛得到了幸福。莫莱尔先生同意让我接替黎克勒船长的位置。您明白了吗，爸爸？我在二十岁时，就当上船长了！这可是我这样的穷水手想都不敢想的事情啊！"

"哦！我的孩子，这是非常幸运的事。"

"爸爸，等我拿到了第一笔钱，我要给您买一座小房子，一定要有花园。这样您就可以种花草了。爸爸，您是怎么了？不舒服吗？"

"不要担心，孩子，会没事的。"老人一边虚弱地应答着，却力不从心地滑到了椅子上。

"来一杯酒，您就会好的。"

"不用了，我不喝。"老人轻轻地说着。

"您一定得喝，爸爸。告诉我，您的酒在什么地方呢？"邓蒂斯一边询问着父亲，一边寻找着。

"不用找了，没有酒了。"老人回答道。

"什么？没有酒了？"邓蒂斯看着父亲瘦弱的身体和空空的房间，颤抖着问他的父亲，"可是我三个月前临走时，给您留下了两百法郎，对吗？"

"是的，邓蒂斯，没有错。可是你忘记了你欠着邻居卡德罗斯一笔钱啊。他把这件事告诉了我，还和我说，如果我不帮你还，那他就会去找莫莱尔先生要钱。为了不让你受牵连，我就……还给他了。"

"我欠了他一百四十法郎，您从我留给您的钱里抽出来还给了他？"邓蒂斯震惊地叫道。

老人点了点头。

邓蒂斯的眼中失去了光泽，"那么您这三个月仅仅靠着那么点钱生活。"他自言自语着。

"你也知道我不需要很多钱的。"

扑通一声，邓蒂斯痛哭着，跪在了老人的面前，趴在老人的膝上。"天啊！我亲爱的爸爸，您真的太让我伤心了！您这些日子是怎么生活的啊！"

老人抚摸着儿子的头发："不要哭了，你看，我看到你就什么都忘记了。一切都好了。"

邓蒂斯擦干了眼泪，站起身来，"是的，爸爸！我回来了，并且带回了幸福的未来。"他把口袋翻开，掏出了所有的钱给了父亲，"爸爸，拿着，您都拿着。快去让人买点东西吧！这是我们的，我们明天会有更多的。"

老人微笑着看着自己的儿子。

正在这时，邻居卡德罗斯出现在了门口。他有着一头蓬松的黑发，大约二十五六岁的样子。"是你吗，邓蒂斯？你回来啦！"他边说着，边微笑着露出了一口像象牙一样白的牙齿。

"是的，我回来了，卡德罗斯，我正要为你效劳，你需要我怎样都行。"邓蒂斯彬彬有礼地回答着，却掩藏不住他对卡德罗斯的冷淡。

"谢谢你，但我还不需要帮助呢。有的时候，别人还需要我的帮助呢。当然，我不是指你。我借钱给了你，你还给了我。好的邻居就该是这样的，你我已经两清了。"

"钱还得清，但帮助过我们的人的恩情是还不清的。"邓蒂斯这样回答道。

"不要再提它了，让我们来聊聊你这次幸运的回归吧！我刚才在码头碰到了我们的朋友邓格拉司。我从他那里听说你回来了，立马就跑过来见你呢。"卡德罗斯斜眼看到桌子上邓蒂斯给父亲的那些钱，说道，"看来，我亲爱的孩子是发财了才回来啊。"

邓蒂斯看出了卡德罗斯那不怀好意的眼神，开口说道："这钱不是我的，是我的父亲为了让我相信他不缺钱，从他的钱包里倒出来给我看的。爸爸，把这些钱收起来吧，但是如果卡德罗斯要用的话，那就不用收起来了。我是真心的。"

"不用了，我可不要。快把钱收起来吧，我一个人可用不了那么多钱，但还是谢谢你的好意，"卡德罗斯赶忙说道。"邓蒂斯，我听说你拒绝了和莫莱尔先生吃饭，你不该那样做啊。尤其是你就要当船长了，你可不该得罪船主啊。"

邓蒂斯看到父亲投来的担心的目光，赶忙回答道："放心吧，爸爸，我谢绝莫莱尔先生，是为了能快点见到您。我已经和他解释清楚了，他一定会谅解的。"

邓蒂斯还说："对了，爸爸，我已经看到了您，也知道了您一切安好。现在请您允许我去一趟伽太兰村，去看看美茜蒂丝。"

老人微笑着说："去吧，我的孩子，上帝会保佑你们的。"

邓蒂斯拥抱了他的父亲，挥手向卡德罗斯告别，便出了房间。过了一会儿，卡德罗斯也离开老人下楼了。他见到了在拐角处等他的邓格拉司。

"怎么样，见到他了吗？"邓格拉司问他。

"我刚离开他家。"

"那他说到他想做船长的事了吗？"

"听他的话，似乎一切已经确定了一样。"

"在我看，他太心急了。"邓格拉司用手摸着下巴说道。

"这件事情，莫莱尔先生已经答应邓蒂斯了啊。"

"那他可得意起来了，是吗？"邓格拉司问道。

"那可不是，他甚至还要借钱给我呢，以为自己是银行家啊。"

"呸！他还没有做成船长呢！如果我们不让他成功，那他也爬不上去，也许还不如现在呢。"邓格拉司阴险地说道。

"你这是什么意思？"

"没什么，我只是自己随便说说。那他还爱着那个伽太兰人吗？"

"他简直爱她爱得要发疯一样。但是也许在这件事上他有些麻烦。"

"把话说明白点，卡德罗斯。"

"哦，好吧。我每次看到美茜蒂丝进城，都会有一个身材高大的伽太兰人陪着他，而美茜蒂丝都叫他哥哥。"

"真的！看来这位堂兄在追求美茜蒂丝啊。正巧邓蒂斯去了伽太兰人那里，我们就在这条路上的里瑟夫酒馆等着，一边喝酒，一边等着看邓蒂斯的神情，那么一切就清楚了。"邓格拉司拉着卡德罗斯急忙到了酒馆，不怀好心地等着。

这两个人的眼睛都注视着一个远处的地方，那里就是伽太兰村。在这个小村中的孤零零的街道上，有一间小屋子。温暖的阳光为这小屋照耀出美丽的色彩。就在这屋中，有一位美丽年轻的少女斜靠在墙壁上。她是那么的美丽，乌黑的秀发在阳光中闪烁，柔美的眼睛是那样温润，一双纤细的双手抚弄着一束娇羞的花朵。在她身旁不远处，坐着一个高大的青年，看起来大约二十二岁，他注视着她，却不住地流露出烦恼的神情。

"美茜蒂丝，复活节就要到了，这正是结婚的好日子啊！"

　　"不要再说了，弗南，我已经回答了你上百次了。你这是在自寻烦恼。我只是把你当成我的哥哥，请你不要再抱有希望了。"少女坚定的眼神制止着青年询问的目光。

　　"是的，美茜蒂丝。你的坦白真的很残酷，就像是刀子在割我的心一样啊。可是我愿意尽我自己的一切去让你幸福啊！"

　　"弗南，你就满足于我们的友谊吧，我无法给你超过友谊的东西。"

　　"美茜蒂丝，我知道，你对我这样的冷酷都是因为你等待着另一个人，但是那个人是靠不住的。"

　　"不！我相信他！我是在等待你所指的那个人，并且相信他会爱我直到死去，他只爱我一个。我知道你的想法，弗南。因为我拒绝你，你就会伤害他，恨他。但是你千万不要有什么坏念头，如果你伤害他，那么你就会看到我们的友谊变成仇恨！"

　　弗南低下了头，长长地呼出一口气，突然抬头盯着美茜蒂丝说："假如他死了呢？"

　　"如果他死了，我就跟着他死。"

　　"美茜蒂丝！"一声充满温暖的叫声冲进小屋，门外一个人在兴奋地呼喊着少女的名字，"美茜蒂丝！美茜蒂丝！"

少女听到呼喊，开心地涨红了脸颊，她冲到门口打开门："邓蒂斯，我在这儿！"

两个人紧紧地拥抱在一起，似乎忘记了周围的一切。而弗南却全身颤抖地一步步退去，跌进了椅子，苦闷地坐着。邓蒂斯终于看到了弗南阴暗的表情："哦！对不起，我不知道屋子里还有一个人。美茜蒂丝，这位先生是谁？"

"他会是你最好的朋友。他是我的堂兄。他不是你的敌人，他会像你的老朋友一样和你握手的。"少女用目光盯住弗南，弗南只能将手从腰间的短刀上移开，慢慢地伸向了邓蒂斯友好的手。但是就当他快要碰到那手时，他终于再也无法忍受，脸色惨白地冲出了屋子。"哦！哦！谁能帮我除掉他！"他像疯子一样地狂奔着。

"喂！弗南！你要去哪里？"一个声音喊住了他。

弗南停下狂奔的脚步，四下看了看，就看到邓格拉司和卡德罗斯在酒家的凉棚里坐着。他踉踉跄跄地走过来，一个字都没说。

"不是吧，看他那恍惚的样子，难道是邓蒂斯赢了吗？"邓格拉司碰了下卡德罗斯的头说道。

"我们来问个清楚。"看着弗南用手胡乱抹掉头上的汗珠，筋疲力尽地坐在凉棚里后，卡德罗斯询问道，"弗南，你的脸色那么不对劲，是不是失恋了？"他急于知道答案，都忘记这样的问法会戳到弗南最痛的地方。

　　"真不明白弗南这样勇敢的伽太兰人爱着的漂亮姑娘，会爱着'埃及王'号的邓蒂斯。"邓格拉司假装好心地感叹道。"这下，可怜的弗南就没人理会啦。"卡德罗斯还加了一句。

　　弗南抬起头盯住卡德罗斯，似乎要找个人发泄自己的不快："谁能管美茜蒂丝呢？她要爱谁就可以爱谁啊！"

　　"可怜啊！你只能等着看美丽的美茜蒂丝嫁给邓蒂斯船长了。"邓格拉司假惺惺地怜悯着弗南。

　　"这一回邓蒂斯可真是好运连连啊！而受打击的可不止弗南一个人啊。"喝得醉醺醺的卡德罗斯感叹着。

　　而这些话都像针一样刺进弗南的心里。

　　"来，我们来为邓蒂斯船长，为美丽的美茜蒂丝的丈夫喝一杯！"邓格拉司咬牙切齿地举起杯子，而弗南则愤怒地将手中的酒杯砸向地面，摔得粉碎。

　　这时，邓蒂斯和美茜蒂丝亲密地出现在了三人的视野中。邓格拉司当然不会放弃这个机会，给弗南增加更多的痛苦。他朝向甜蜜的两人喊道："邓蒂斯还有那位美丽的小姐，快过来告诉我们，你们何时举办婚礼啊？"

两个甜蜜的人走了过来，邓蒂斯回答道："我当然希望越快越好，今天我会在父亲那里准备好一切，明后天就会举行婚礼，我希望你们三位都能来参加。"

"你可太匆忙了！船长先生！"

"邓格拉司，请您千万不要把不属于我的头衔给我，那也许会让我倒霉的。"邓蒂斯微笑着说。

"对不起，我的意思是你太匆忙了，'埃及王'号三个月后才会出航，时间是充裕的啊。"

"人总是渴望尽快获得幸福，因为我们受苦的时间实在是太长了。而且，我还要去巴黎一次，所以才这样匆忙。"

"是为了什么事情呢？"

"不是为了我自己，这是黎克勒船长最后交给我的任务，我一定要做到。"

邓格拉司转了转他的眼珠，心里盘算着：他要去巴黎，那一定是去送那封信。这倒让我想到了一个好主意！

邓格拉司转向正要离开的邓蒂斯大声喊道："一路顺风啊！"

"谢谢！"邓蒂斯友好地回应着，这一对有情人继续甜蜜地向前走去。

第三章　婚礼

　　年轻的邓蒂斯就要和美丽的美茜蒂丝举行盛大的订婚典礼了，每一个来宾都是那样的高兴，为这对幸福的人送上满满的祝福。尤其是船主的亲自到来，肯定了邓蒂斯会成为新船长的喜讯。这喜上加喜的幸福却被闪亮而冰冷的刀剑刺碎。警长带来了抓捕邓蒂斯接受审问的消息，一切瞬间冰冷下来，可怜的邓蒂斯到底会何去何从？

　　一轮明媚的朝阳冉冉升起，那温暖的光芒为天空染上一层红色。与天空相接的是一片海洋，白色的海浪层层叠叠。就在这美景之下，里瑟夫酒馆已经准备好了丰盛的宴席。虽然婚礼的宴席是预定十二点钟开始，但是走廊上早早就挤满了前来祝贺的宾客。他们中，有一些是新郎在"埃及王"号上的船员朋友，还有一些是新郎私人的朋友。这些宾客们都穿上了自己最体面的服装，只为了给这个美好的日子增添一笔亮色。这时，他们都在讨论着，似乎船主会参加这场婚礼，但是又没人敢相信邓蒂斯会有这么大的面子。

证实这个消息的是邓格拉司，他和卡德罗斯一同进来告诉大家。邓格拉司说他刚才见到了莫莱尔先生，并且听到先生亲口说，会来参加"埃及王"号大副的婚礼。果然，不一会儿，莫莱尔先生就出现在了房间里，水手们都不自觉地大声欢呼起来。因为船主的到来，就可以证明邓蒂斯会成为"埃及王"号的船长，这不再只是传闻。邓蒂斯一直受船上的人们爱戴，船员们都希望他成为船长。当他们发现船主的选择符合了他们所期望的，他们怎么能不欢呼雀跃呢。

大家在一阵欢呼过后，便派邓格拉司和卡德罗斯去通知重要的人物已经到场的消息，他们希望新郎能够赶快迎接这位贵宾。邓格拉司二人还没有跑出多远，就看到了一群人已经迎面走了过来。在最前面的就是那对幸福的新婚夫妇，在新娘旁边微笑着的是邓蒂斯的父亲，而在他们身后有一张阴郁的脸，却不时地显露出阴险的笑容，这个人就是弗南。但是那对甜蜜的人儿，都没有注意到身后那张阴险的脸。他们实在是太幸福了，彼此的眼中都是对方微笑着的脸庞，他们的心中只有这一刻的欢乐与温暖。邓蒂斯穿着一身合身又简单的制服，风度翩翩，再加上脸上洋溢着幸福和喜悦，这漂亮的人显得更加好看。而美茜蒂丝更是可爱得像希腊女神一样，丝毫不掩饰自己的喜悦。她睁大那双水灵灵的眼睛，左顾右盼着，似乎是对大家说："我的朋友们，请和我一起享受这份喜悦吧，我真的是太开心了！"

　　婚宴的气氛是那么欢乐与无拘无束，大家已经摆脱了礼仪的束缚，乱哄哄地谈起话来。可是这样的气氛对于弗南来说就是煎熬。他脸色苍白，一刻也无法继续坐在座位上。他第一个离开了喜气洋洋的人群，走到了另一端，来回地踱着步子。邓格拉司看到心事重重的弗南，便起身凑了上去。突然，邓格拉司发现弗南似乎抽搐了一下，磕磕绊绊地退后到开着的窗前坐下。与此同时，一阵嘈杂的声音在楼梯间响起，有军人整齐的步伐声、刀剑与物体的碰撞声，还有许许多多辨认不出的声音。欢歌笑语的人们听到这阵嘈杂声，都屏住了气息，时间就像瞬间凝固了一样，不安的气氛弥漫在人们中间。

　　"叩叩叩"，房间的门被叩响了。"奉法院命！"响亮威严的声音在门后喊道。房间里的人们惊奇地你看看我，我看看你，没有人去开门。这时，一个警官推开了门，他的身后跟着士兵，不安的人们开始害怕起来。"请问警长为何突然到来，是有什么事情吗？我想一定是有一个小误会吧？"船主莫莱尔先生上前询问道，他和警长显然是互相认识的。"莫莱尔先生，如果是误会，那么一定会很快澄清的。我是奉命执行任务，必须完成。这些人中有没有人叫爱德蒙·邓蒂斯？"所有人的眼睛一下都集中到了邓蒂斯身上。邓蒂斯平复了自己的不安与疑惑，坚定庄严地走了出来："我就是，请问有什么事呢？"

"爱德蒙·邓蒂斯，"警官严肃地回答，"我要以法律的名义逮捕你！"

"我？"邓蒂斯不可思议地问道，"为什么呢？"

"这我就不清楚了，但是你在第一次审问时就可以知道了。"

老邓蒂斯匆忙地向警官走去，他拼命地恳求着，老泪纵横地为自己的儿子求着情。他的悲伤与失望虽然无法留住自己的儿子，但是却打动了警官。警官缓和了自己的语气，对老人说："先生，请您镇定。您的儿子也许只是触犯了海关或者是检疫的条例，也许只需要回答几个问题，就可以被释放了。"

卡德罗斯突然想到了什么，冲着邓格拉司愤怒地问："这是怎么回事？"邓格拉司耸耸肩，装出惊讶的样子回答："这我怎么知道，我可是和你一样，对这件事一无所知啊。"于是卡德罗斯四处寻找弗南，但是弗南早已不见踪影。

　　邓蒂斯和他的朋友们一个一个握手，对大家说："我亲爱的朋友们，您们放心，我相信只是小误会，我想不会到入狱的地步吧。"他于是镇定地跟着警官下楼，钻入马车，向马赛方向驶去。

　　"再会！我最亲爱的邓蒂斯！"美茜蒂丝伸出手臂，竭尽全力地大喊着。这呼喊声传到邓蒂斯的耳中，让他撕心裂肺。他从马车里伸出头大声喊道："再见！美茜蒂丝！"马车拐进一个拐角后，就消失在人们的视野中了。

　　莫莱尔先生立刻安顿好大家，找了一辆马车去打探消息。焦急的人们在不断地猜测中却等来了噩耗。莫莱尔先生脸色惨白地回来："事情比我们预想的要严重啊！"

　　"天啊！先生，他是无罪的啊！"美茜蒂丝抽泣着说。

　　"我相信！可是他却依然被指控为拿破仑党的专使！"

　　在这个故事发生的年代，这个罪名是何等的可怕。美茜蒂丝本已苍白的嘴唇终于发出了绝望的叫喊声，邓蒂斯的老父亲已经倒在了椅子上。

第四章　审问

邓蒂斯被带到了代理检察官维尔福的家中，原来是有人诬陷他是反对国王、勾结拿破仑的人。善良正直的邓蒂斯否认了一切，告诉了维尔福真相，维尔福面对善良坦荡的邓蒂斯也起了同情心。但是一切会回到正轨吗？邓蒂斯能躲过这次灾难吗？

这时的邓蒂斯已经被带到了代理检察官维尔福的家中，客厅里挤满了警察和宪兵，邓蒂斯就站在他们中间，被严加看守着。他从容镇定，并且面带微笑。维尔福穿过客厅时，抬起眼睛瞥了他一眼，就从宪兵手里接过一包东西，说道："把犯人带进来。"这一瞥，让维尔福对这个将要审问的人有着不错的第一印象，但还是抑制住自己的心情，严肃地坐在办公桌前。

过了一会儿，邓蒂斯被带了进来，从容地向维尔福致敬。

"把你知道的所有事情都说出来。"维尔福看着青年说道。

"请您告诉我，您要知道什么，我会把我知道的全部毫无保留地告诉您，只是我知道得很少。"

"有人报告，你的政见非常极端。"

"我的政见！哦！先生，我还不到十九岁，从来就没有政见。我的全部意见只有我爱着我的父亲，我尊敬着莫莱尔先生，我喜欢着美茜蒂丝。先生，这就是我的一切了。"维尔福凝视着邓蒂斯坦白的脸，他是那么单纯自然。维尔福感受到这个青年是无辜的，但是他依然维持着自己严厉的目光和语气："你知不知道你有仇人？"维尔福将一封匿名信递给了邓蒂斯。"有人告发你在回马赛的路上，曾经给拿破仑送东西，还准备把一封密信交给叛军的首领。告诉我这信里所说的是真的吗？"

邓蒂斯看着信，激动地回答："先生，这没有一丝一毫是真实的，我可以告诉您所有的实情，我以我水手的名誉、对美茜蒂丝的爱，甚至以我父亲的生命发誓。"

"好，请说吧。"

　　"我们尊敬的船长在航海途中不幸得了重病，他在快要撑不住的时候，将我叫到他的身边。船长非常虚弱，但是却十分坚定地对我说：'我亲爱的邓蒂斯，你要发誓会完成我交给你的最后的任务。在我死后，指挥权就交给你，然后你要去厄尔巴岛，找到大元帅，将这封信交给他。也许他会让你去送一封信，那么你也一定要完成。'我发了誓，答应了船长。第二天，船长就不幸去世了。我所做的一切都是执行船长的命令，我只是做了我应该做的，我不能拒绝一个垂死的人的最后请求。同时我又是船员，船长的命令我必须绝对服从。"邓蒂斯诚恳地向维尔福检察官叙述着事情的经过。

　　"我相信你，我想你说的就是实情，就算你有罪，也只是疏忽罪。你是听从了船长的命令，那么你的疏忽罪也是合法的。现在只要你将那封从厄尔巴岛拿到的信交出来，你就可以回去了。"维尔福微笑着对邓蒂斯说道。

　　"我自由了？"邓蒂斯询问着。

　　"是的，你自由了。现在把那封信给我。"

　　"那封信已经在他们搜身时就拿去了，就在交给您的那包东西里。"邓蒂斯高兴地一边取帽子和手套一边回答着。

　　"等一下，邓蒂斯，我再问你最后一个问题，你知道那封信是要送去给谁吗？"

"我当然知道，是要送去给诺梯埃先生，地址是巴黎高海隆路。我本来是要亲自送过去的。"

邓蒂斯的回答就像一个晴天霹雳一样打在维尔福的身上。维尔福匆忙将那封信翻了出来，眼睛直勾勾地瞪着它。已经获得自由的邓蒂斯看到维尔福的神情紧张了起来，他不知道发生了什么事情。

"你知道了收信人的名字，那么还有没有别人知道关于这封信的一切？"维尔福脸色苍白地问邓蒂斯。

"没有了，一个人都没有，我可以向您发誓。"

"你也可以发誓你不知道信的内容吗？"

"我发誓，到底是怎么回事？先生，您看起来很不舒服。"邓蒂斯已经不知所措了。

维尔福一字一字地看着信的内容，冷汗从他的额头上不断地冒了出来。他倒在椅子上，双手捂住脸。"天哪！要是他知道信的内容，还知道这收信人就是我的父亲，那么我的一切就完了！"他心里痛苦地想着。紧接着，他抬起了头盯着邓蒂斯，压制住自己的情绪，镇定地对邓蒂斯说："你要知道我无法立刻恢复你的自由，因为从审问的结果来看，你还是有着严重的嫌疑。但是我会尽力帮助你的，你看，你的主要罪证就是这封信，我会将它烧掉。"说着，维尔福走到壁炉旁，将信扔了进去，转眼间，只剩下一片灰烬。

"现在，你可以信任我了吧，我是同情你的。"

"您真是太好了！"邓蒂斯喊道。

"那么你要接受我的忠告：今天，我会把你扣在法院里，如果有人要审问你，你都不能说关于这信的任何事。"

"我答应您。"邓蒂斯坚定地回答着。

"你发誓！"

"我发誓！"

于是，维尔福拉铃叫来了一个警官，低声在那人耳边说了几句话。然后就对邓蒂斯说："跟他去吧。"邓蒂斯向维尔福行了礼，就跟着警官出去了。维尔福再也支撑不住，瘫倒在椅子上。"这封信差点要了我的命啊！"他痛苦地喘着气，突然，一个阴险的微笑出现在他的脸上。"用这个方法，也许这封信不但要不了我的命，我还能利用它让我获得成功！"

第五章 地狱

虚伪的维尔福因为个人的利益骗了邓蒂斯，可怜的邓蒂斯并没有获得所谓的自由。他被警官带走了，带到了一座根本无法逃脱的黑暗的海上牢狱——伊夫堡。他想得到公正的审判，但是因为重重陷害，他已经陷入了深深的泥潭，无法自拔。善良的他会被命运摧残到什么地步？

警官谨慎地贴在邓蒂斯的左右，打开了通往法院的大门。一条阴森的走廊，出现在邓蒂斯的面前。这条走廊长得让人绝望，让人恐惧。邓蒂斯只能一直向前走去，不知过了多久，他被推进了一扇大铁门中，浑浊的臭气扑面而来。还不等他有任何反应，身后已经传来沉重而响亮的关

门声，邓蒂斯被关进监狱。一开始，狱中的邓蒂斯还没有
很惊恐，他想到维尔福对自己的承诺，想到不久就会获得
自由，便放下心来等待。但是时间一分一秒过去，无尽的
黑暗慢慢让邓蒂斯喘不过气来，就当他要绝望的时候，那
笨重的门终于开了。邓蒂斯立即迎了上去，却看到更多的
士兵和他们所佩带的锋利的军刀，他停下了兴奋的脚步，
询问这些冰冷的面孔：

"你们真的是来接我吗？"

"是的。"一张冰冷的面孔回答道。

"是维尔福的命令吗？"

"是的。"

"那我跟你们去。"邓蒂斯消除了疑虑，跟着士兵坐
上为他准备的马车，他还是相信着维尔福的承诺。可是善
良的他却根本没有想到，前方的道路根本不是回家的路，
而是通向地狱的不归路。

马车停了下来，他被士兵们紧紧地看守着，上了一
艘小船，邓蒂斯终于感觉到了一丝疑惑。他问道："这是
要去哪儿？""你到了就会知道的。"他只能慢慢地等，
可是邓蒂斯离家越来越远，越来越远。他开始恐惧起来。
他抓住了一个士兵的手，说："朋友，请你告诉我，到底
要带我去哪儿？"士兵却不肯透露任何信息给这个可怜的

人。绝望再一次压向邓蒂斯，他站起身张望，希望可以知道自己身在何处，要去哪里。终于，远处一块刻着"伊夫堡"的石碑告诉了他答案，但这个答案无疑是提前宣布了邓蒂斯的命运。伊夫堡，这是多么可怕的地方。三百多年来，死气沉沉、坚固阴暗的它是关押重要政治犯的牢狱，它是只要进去就再也无法出来的地方，总而言之，它是一座死牢。

邓蒂斯闭上了双眼，他已经无处可逃。直到他已经被押送进这黑森森的堡垒，被带到监狱之中，他一直无意识地抬着双脚走着路，无意识地走进自己的监狱，就像是在梦游一样。狱卒关上了门离开了邓蒂斯，过了一夜，狱卒发现邓蒂斯还是站在昨夜的位置一动不动。

邓蒂斯目送着狱卒离开，试图从门中伸出手，终于在门关上那一刻倒在地上。经过一夜，他早已哭肿了双眼，可是他只是苦苦地哭着，他不明白自己为什么会受到这样的刑罚。在牢房里，他不吃不喝，不说话。他开始后悔，后悔自己为什么没有早点发现自己的命运，为什么没有逃跑。他想念着美茜蒂丝和老父亲，这让他更加自责，他痛恨自己的愚笨。他心如刀绞，恨不得撞死。他痛苦地在地上不停地抽搐。甚至想用绝食来结束自己的生命。

狱卒可不愿这个被判了重刑的犯人就这样死去，他还指望着从邓蒂斯身上捞点钱呢。所以过了一天，他又来到邓蒂斯的牢房。

"喂，你这样做是毫无意义的，但是只要你老老实实地住在这里，我还可以让你出去散散步。这样你总会见到监狱长的，但是他是否会回答你的话，就看他了。"

"可是，那要多久才能见到他呢？"

"一个月？或许一年？都不一定。"

"不！这太久了。我希望可以立刻见他。"

"这是不可能的事情，你不要再去想了，否则你不到两个星期就会疯掉的。"狱卒摇了摇头说，"疯子在一开始都是你这样的。有一个长老就是例子，他总是说要给监狱长一百万法郎，让监狱长放他自由。他以前就是住在你这间的。"

"他离开这里多久了？"

"两年了。"

"他被释放了？"

"才不是，他被关在黑牢里了。"

邓蒂斯一听到自己无法摆脱这悲惨的命运，他便开始恳求狱卒："我想拜托你件事，你可以为我心爱的人捎个信吗？我没有一百万，但是我会给你报酬。"

"我可不是疯子，我会因为为你冒险而丢掉饭碗的。"狱卒拒绝了他。

邓蒂斯终于压制不住自己的怒火,一把搬起了长凳。"你如果不答应,我总有一天会在你进来时,用它砸向你的脑袋!"说着他就要向狱卒砸去。狱卒连连退后,防备着邓蒂斯,看他根本不听劝,还像个疯子一样,便出去禀报了上司,将邓蒂斯押入了黑牢。

向下十五级的楼梯,门开了,邓蒂斯走进了黑牢,门关了。他伸着手向前走,在触碰到墙壁时停下,坐在了角落里。狱卒说得对,邓蒂斯离发疯已经不远了。

第六章 视察

　　一场监狱的视察在伊夫堡展开，被关在黑牢的邓蒂斯当然也是被视察的对象之一。本来已经快要疯掉的邓蒂斯看到高级的当局，再次要求公正的审判。他的坚持终于打动了巡察。这次视察会改变邓蒂斯的命运吗？另一方面，黑牢的另一个疯子法利亚长老的大门被打开了，他到底是怎样的一个人呢？

　　路易十八复位一年后，一次视察在伊夫堡展开。准备迎接巡察吏的嘈杂声传入了邓蒂斯敏锐的耳朵。他在幽深阴暗的黑牢里待太久了，与世隔绝的他，每天只能听到蜘蛛织网的声音。他已经把自己当作死人了。长久死一般的寂静让他拥有了异常敏锐的听觉。他知道一定要发生什么不寻常的事情了。

　　果然，一阵钥匙在锁里转动的声音，让蜷缩在黑牢一角的邓蒂斯抬起了头。门开了，他看到一个陌生的面孔，这个人被士兵们保护着尊敬着。邓蒂斯意识到，自己向高级当局申诉的时机终于到了。他一下子跃了过去，却被士兵闪亮的刺刀挡住。原来，因为当初要袭击狱卒，他已经被看作是危险的罪犯了。他便站在那里，展示出了最温情的表情。

　　巡察问道："你有什么要求吗？"

　　"我想知道自己犯了什么罪行，我要求开庭审判。"

　　"你是什么时候被逮捕的？"

　　"是一八一五年二月二十八日下午两点半。"

　　"哦，才十七个月呀。"

　　"您无法想象，在这监狱里的十七个月就好比十七个世纪啊！尤其是当我就要拥有我的幸福与前途时，一切在瞬间便消失了。我无比担心着我的未婚妻和我年迈的父亲。我怀念着海阔天空的水手生活。可怜可怜我吧。我只是要求公正的审判。"邓蒂斯声音激动却依然保持着谦卑的态度。

　　巡察转向堡长说："说实话，我真的被他感动了，你一定要把他的档案给我看看。"

然后又转向邓蒂斯："是谁逮捕了你？"

"是维尔福先生，您应该去听听他的意见。"

"他已经不在马赛了。我可以相信他留下来的记录，对吗？"

"怪不得我一直没有自由，原来唯一保护我的人被调走了。您绝对可以信赖他对我的意见。"

"那请耐心等待吧。"

邓蒂斯跪了下来，喃喃地祈祷着，门再一次被关上，仍旧一片漆黑。但是这一次，邓蒂斯拥有了希望。

"我们先把黑牢里的犯人视察完，再看那可怜人的档案吧。"思考了片刻的巡察对堡长说道。

"这个疯子，可不像刚才那个疯子。他疯得没有那么动人。他总是幻想着自己有着极大的宝藏。刚入狱的那年，他提议用一百万给政府来交换自由。第二年是两百万，第三年是三百万，不断地加钱。今年已经是第五年了，他一定会要求和您密谈，要给您五百万。"

"那倒是很有意思，这个大富翁叫什么？"巡察提起了兴趣。

"法利亚长老，二十七号。就是这儿了。开门。"

狱卒遵命打开了门。在这黑牢的中央有一个圆圈，是用墙上挖下来的石灰画成的。就在圆圈中，一个人正在专注地画着几何线，他的衣服已经破破烂烂，难以遮挡身体。开门的声音并没有惊动他，直到狱卒手中的火光微微地照亮了牢中阴暗的墙壁，他才慢慢抬起了头，惊奇地发现出现了这么多人，才扯过床上的被单遮住自己的身体。

"你有什么要求吗？"巡察问道。

"我吗？先生！"长老惊愕地答道，"我没有什么要求。"

"你不清楚，我是政府派来视察，并且听取犯人要求的。"

"哦！那可就不一样了。"

堡长低声对巡察说："这就开始了，他要讲了。"

"先生，我是法利亚长老，罗马人，我曾经给红衣主教当过二十年秘书。我在一八一一年被逮捕，不知道是什么原因。从那时起我就向意法两国政府要求自由了。"

"为什么向法国政府要求呢？"

"因为我在皮昂比诺被捕，而我推测皮昂比诺已经成为某一个法国属国的首都了。"

巡察和堡长对看一眼，笑了。

"你从意大利得到的新闻已经过时啦！"巡察说。

"这是我根据被捕那天的消息推测的，皇帝要为他的婴儿建立罗马王国，那他大概已经把意大利建立成统一的王国了。"法利亚长老认真地回答。

"上天已经把你的大计划改变了。"

"这可是使意大利幸福和独立的唯一方法啊！"

"也许是这样吧，我可不是来讨论意大利政治的。我只是问你对于吃住有什么要求。"

"吃得坏极了，住得不卫生，但对于黑牢来说还说得过去。那都没关系，我接下来要告诉你的秘密，才是至关重要的。"

"要讲到那个话题了。"堡长在巡察耳边说。

"虽然您打断了我一次极为重要的演算，但我还是很高兴见到您的。您能允许和我私下谈谈吗？"

"这就是我和您说的。"堡长说。

"您所提出的要求是不可能的。"巡察对长老说。

"可是我要说的是大数目，达到五百万呢。"

"正是你所说的数目。"巡察看了一眼堡长。

"政府不需要你的宝藏，你留着被释放时享用吧。"巡察说着就要离开。

长老一把抓住了巡察的手。眼睛直直地看着他说："可是如果我没有被放出来呢？那直到我死去，也没有人知道我的秘密，那宝藏就白白丧失了啊！我愿意政府享用一点，我自己享用一点，这不是很好吗？我愿意出六百万，是的，六百万，只要我能获得自由。"长老的眼睛闪闪发亮。

巡察沉下声音说："要不是我知道这个人是疯子，那我也许会相信他的。"

"我没有疯！"法利亚长老大声回答，"真的有宝藏，要不我们签条约，我带你们去宝藏的地点，你们自己挖掘，如果没有，你们可以把我带回来。我别无所求。"

堡长听后大笑起来："这可是绝妙的逃走机会。"

"那你们对我发誓，只要你们证明我的话是真的，我就可以获得自由，那我可以在这里等，不会逃走。"

"我只想问你吃得好不好。"巡察问。

"这样你们毫无危险啊！我愿意在这里等，你们去挖宝藏。"

"你没有回答问题。"巡察已经不耐烦了。

"你们走吧，我没有什么可说的了。你们这些不肯相信我的傻瓜，上帝会惩罚你们。你们不肯给我自由，上帝会给我的。"说着，长老抛开了床单，坐回到圆圈中，继续他的演算。

狱卒锁上了门，长老的冒险就这样结束了。他没有获得自由，却被人认为更加疯狂了。"假如他真的有钱，那他可不会到这里来。"巡察的话说出了当时的腐败。

巡察履行了他对邓蒂斯的诺言。他在检查档案时找到了一张条子，上面写道：爱德蒙·邓蒂斯：拿破仑党暴徒，曾负责协助逆贼归来。应严加看守，小心戒备。

巡察知道自己无法与这项罪名抗争，只能批上"无可设法"。

在这次视察之后，邓蒂斯仿佛有了新的生命，他开始用一块石灰在墙上计算日期。他期待着两星期内可以被释放，但是两个星期过去了。他想也许巡察到巴黎才能释放他，所以他又定期三个月，可是三个月也过去了。更多个三个月接连过去。邓蒂斯开始认为那次视察只是一场梦，一个自己的幻想。

第七章　34和27

伊夫堡来了新的堡长，他当然无法迅速记住所有
牢犯的名字，所以用数字代替了牢犯的名字。邓蒂斯
成为34号，法利亚长老成为了27号。被分隔在两个不同
牢房的34号和27号却相见了，这到底是怎么回事呢？

一年又过去了，伊夫堡来了新的堡长。这个可怕的
地方有五十个房间，短时间内记住每个犯人的姓名，几乎
是不可能的。所以，这个不幸的青年不再是爱德蒙·邓蒂
斯，而是"34号"了。

邓蒂斯被遗忘在黑牢里，受尽了折磨。他最初是高傲
的，因为他有着自由的希望，并且坚信自己的无罪。后来
他开始怀疑自己，他开始恳求，恳求与别人说话，与别人

见面。他甚至觉得那些穿着囚衣、系着铁链的苦工可以相互见面就是无比的幸福。但是他的所有要求在堡长看来，都是企图逃跑的计谋。于是他的恳求转向上帝，他做着世界上最真诚的祷告，但是他依然还是一个囚徒。

终于，长期的自制变成了暴怒，他又一次想到了自杀。身为一个水手，他不愿意像自己所鄙视的海盗那样吊死，在这黑牢里他最终选择了绝食。一旦下定了决心，他反而安定了许多，一天天过去了，他在床上日渐虚弱，闭上双眼，能看到万道光芒在眼前晃动，就像是流星在黑夜里游戏一样。他想：也许这就是天堂的曙光了吧。

一天晚上，邓蒂斯突然从他耳边的墙上听到一种空洞的声音。他抬起头来认真地倾听，那声音就像是有一只巨大的爪子在不断地刨着石头一样。邓蒂斯虽然已经极其虚弱了，但是他能够从那声音中感受到一个念头，那就是自由！也许是哪一个他朝思暮想的人也想念着自己，在不断地缩短着阻隔二人的距离。

不不！也许是他想多了，也许这只是在死亡之前的一个幻想而已。那声音一直持续了三个小时，直到听到有一个东西掉下来的声音后，一切又恢复了死寂。几个小时过去了，更清晰的声音再次响起，这是一种劳动！邓蒂斯再次兴奋了起来，他决定独自守护这个秘密。在狱卒进来送饭时，他用胡言乱语掩盖声音。狱卒走后，那声音越来越清晰。"不用怀疑了，"邓蒂斯想，"一定是有一个犯人努力寻求着自由！我如果和他在一起，那可以帮他多少忙啊！"

可是，邓蒂斯的希望已经太多次被现实夺走，他又想到，也许只是工人在修理墙壁也说不定。他想确定这一点，但是他太虚弱了，实在不能将思想集中起来专注思考一个问题。他看到了狱卒拿来的饭，他摇摇晃晃地走上前，一口气把汤喝了个精光。他知道绝食太久，吃太多会死亡。他已经不想死了，于是放下了手中的面包。他已经可以理智地思考了，他对自己说："假如是一个工人在挖墙，那么我只要敲一敲墙壁，他一定会停下手中的活儿来查明谁敲墙，因为他是遵从堡长命令，所以他会重新工作。如果是一个犯人，那么我一定会吓到他，他会停止工作，直到确保所有人都睡了以后再继续动手。"邓蒂斯第二次站了起来，不再摇摇晃晃，他拿起一块松动的石片敲击墙。他连敲了三下，当他敲第一下时，声音就停止了。一切都是静静的。一个小时，两个小时，没有再响起丝毫声音了。邓蒂斯的体质非常好，当他吃了面包后，就发现自己已经差不多恢复了。这一天就这样在寂静中度过。

"他是犯人！"邓蒂斯高兴极了。在一片寂静声中，邓蒂斯一夜都不曾合上双眼，他担心会错过那声音。

从那一夜开始，邓蒂斯每过一会儿，就会将耳朵贴上墙壁。可是三天过去了，墙那边谨慎的犯人还是没有丝毫动静。就在那天晚上，狱卒结束了他最后一次检查。邓蒂斯又一次把耳朵贴上墙壁时，他集中了思想，终于听到了细微到无法察觉的声响。邓蒂斯决心帮助这个不屈不挠的人。他搬开了自己的床，仔细寻找着可以穿透墙壁的东西，但是他什么都没有。他在屋内看了一圈，只有一把椅子、一张桌子、一只水桶和一个瓦罐。最后他只好选择打碎瓦罐，将其中两三块最锋利的碎片藏在床上的草褥子里。虽然有一整夜的时间可以工作，但是一片黑暗中，他干不了多少。他只好将床推了回去，等待天亮。可是那一头的声音不曾间断过。

第二天，狱卒进行第一次巡视时，邓蒂斯告诉他，瓦罐是喝水时不小心摔碎的。狱卒给他又拿了一个，责令他小心一点，便关上了门。邓蒂斯恨不得狱卒能再快点把牢门关上。他溜到门边，专注地听着，直到确定脚步声完全消失，便急忙拉开了床，借着地牢里微弱的一丝光线，开始了工作。一连三天，邓蒂斯小心地挖掉了石头外的水泥层。墙壁虽然是碎石组成的，但是为了更加坚固，有一些大石嵌在缝隙里。他必须把这些石块挖出来，可是石头实在是太硬了，邓蒂斯手中的小瓦片根本不是它们的对手。邓蒂斯遇到了麻烦，他只有一个念头，那就是："我需要铁器！"他急得都要冒出汗来了！突然他灵光一闪，微笑挂在了他的脸上。

狱卒每天都是用一把铁的平底锅给邓蒂斯送来汤的。对！就是那平底锅的铁柄，邓蒂斯愿意用十年的生命来交换。那天晚上，邓蒂斯故意把喝汤用的盆放在门边，当狱卒进门时，一脚就把它踩破了。这次可不能怪邓蒂斯了，虽然他不应该把盆放在那里，但是狱卒走路没看着也不对啊。所以，狱卒只是嘟囔了几句，便开始四下寻找有什么能代替盛汤。就在狱卒烦恼时，邓蒂斯说道："把锅留下来吧，等你给我送早餐时再带回去，不就好了。"这可正合狱卒的心意，免去了他再多跑一次的烦恼。于是他留下平底锅便走了。

这下邓蒂斯可是乐坏了，他急忙吃完了食物，又等了一个小时，就怕狱卒改变主意。他搬开了床，将平底锅的铁柄插进大石和碎石之间的缝隙里，他轻轻一撬，就发现自己的想法是多么的正确。他撬了一个小时，终于把那块大石挖了出来，露出了一个洞穴。第二天，那个迟钝的狱卒已经懒到不愿意再发一个盆子给邓蒂斯，任凭那个平底锅留在他身边。

邓蒂斯在被单下双手合十，他感激上天给他留下了这一个铁器。他恨不得一天可以有四十八个小时用来挖洞，但他同时也发现墙那边的人已经停止工作了。他想："这一切都没关系，只要自己抓紧工作，就算那个邻居不来，自己也可以去接近他。"

可是，当他挖着挖着，他就挖不动了，有一个障碍让他不得不停止工作。他伸手一摸，原来是一条横梁堵住了邓蒂斯挖的洞！这真是太倒霉了！这也是对方停止工作的原因。

"上帝啊！我这样诚心诚意向您祷告，您剥夺了我的自由，剥夺了我的死亡。但是您给了我生存的希望！仁慈的上帝啊，可怜可怜我吧，不要让我因绝望而死啊！"邓蒂斯轻声地说道。

"是谁把上帝和绝望连起来一块儿说呢？"一个被距离压低了的声音传入了年轻人的耳朵里，阴森森的，邓蒂斯吓得头发都竖了起来，一下子跪到了地上。

"啊！是人的声音！"邓蒂斯这么多年来，只和狱卒说过话，"看在上帝的分上，请你再说几句吧，虽然你刚才的声音吓坏我了。你是谁？"

"你是谁？"那个声音问。

"我是一个不幸的囚徒。"

"哪国人？"

"法国人。"

"名字叫什么？"

"爱德蒙·邓蒂斯。"

"是什么职业？"

"是一个水手。"

"你在这里有多久了？"

"一八一五年二月二十八日。"

"罪名是什么？"

"我是被冤枉的。"

"那是什么罪名？"

"参与了造反，帮皇帝回来。"

"什么！你说皇帝回来！难道皇帝已经不在位了吗？"

"哦，是的，他是一八一四年被押到厄尔巴岛的。你在这里多久了，连这件事都不知道。"

"一八一一年我就来了。"

邓蒂斯不禁打了一个寒颤，这说话的人可是比自己多关了四年之久啊。

"你别再挖啦，只要告诉我你的洞有多高就行。"

"和地面齐平。"

"这个洞用什么遮起来的？"

"它在我的床背后。"

"你的房间通向哪里？"

"一条走廊。"

"走廊通向哪里？"

"天井。"

"糟了！"

"怎么了？"邓蒂斯轻声地询问。

"我计划里的一点缺陷，可是把一切都毁了啊！设计图上错一条线，实际可就错多了。我把这面墙当成城堡的墙了。"

对面接着说："你小心点，别再挖了，等着我的消息吧。"

"请您至少告诉我您是谁。"邓蒂斯急忙说道。

"我是……我是'27号'。"

邓蒂斯听出了对方的犹豫。"您是不信任我吗？"邓蒂斯意识到对方要弃自己而去，大声说道，"听着，我是基督徒，我向你发誓，我宁愿死也不会向他们透露任何事情的。请您不要躲开，不要不和我说话。否则我发誓我会在忍耐到极限时，用头撞墙的，等我死了，您一定会懊悔。"

"你多大了，你的声音应该是一个青年。"

“我来时刚满十九岁。”

“那你还不满二十六岁！这个年纪是不会做奸细的。”那声音轻轻说道。

“我向您发誓，我绝对不会出卖您！”

“幸亏你这样对我说，这样地请求我，否则我会不管你，再去准备一个计划。你的年龄让我放心了。我会再来找你，等着我。”

“什么时候？千万不要抛弃我，您可以到我这里，或者我去您那里，我们一起逃走。假如不能逃走，那么我们至少可以谈谈天。如果您年轻，我会做您的朋友，假如您年老，我就做您的儿子。您一定会爱我的。我爱的人只有我的父亲和美茜蒂丝，我会像爱我父亲那样爱您的。”邓蒂斯诚恳地乞求着他的邻居。

“很好！那么明天！”那个声音愉快地答道。

这几个简短的字无疑是出于诚意。邓蒂斯站起身，像以前一样小心地收拾了挖下来的碎屑和石头。他已经被幸福包围。他不再孤独，或许还能够获得自由。就算依然是囚徒，他也多了一个人与他分享和分担。

第二天一早，正当邓蒂斯要把床拖开时，他听到了三下敲墙的声音，他连忙跪下。“是您吗？”

“你那边的狱卒走了吗？”

"走了，他到晚上才会回来，我们有十二个小时是自由的。"邓蒂斯兴奋地回答。

"那我可以动手了？"

"当然！请马上动手吧！求您了！"邓蒂斯已经有半个身子都钻进了洞里，突然，他手撑住的地面陷了下去。他赶忙缩回身，石头和泥块一并落了下去。就在邓蒂斯挖的洞下面露出了一个头，接着是肩膀，最后是整个人。那人轻轻地钻进了邓蒂斯的牢里。

第八章　长老

邓蒂斯终于见到了一个人，在这么多年中，他独自孤独着，疯狂着，迷惘着。但是这一刻，与法利亚长老相见的这一刻，让他重获希望。这样突然出现在邓蒂斯面前的法利亚长老，到底是怎样一个人呢？两人的相遇到底是福是祸呢？

邓蒂斯一下子拥抱住了那个人。这是他渴望已久的朋友，是他的希望。然后他带这位朋友去了窗口，借着铁栅栏间透进的微光，仔细地看着朋友的样貌。这是个身材瘦小的人，长年的受苦和忧郁使他的头发灰白。灰色的长眉毛几乎要盖住深陷的格外有神的眼睛，他的胡须依旧是黑色的，长长地垂到他的胸前。额头上深深的皱纹和刚毅的轮廓让人一眼就知道，他是个勤于思考的人。这时的他，脸上挂着豆大的汗珠，看不出原貌的衣服破破烂烂地挂在身上。他看起来大约六十到六十五岁之间，他行动灵敏，让人想到这并不是因为岁月，而是因为常年的牢狱生活。

这个人欣然接受了邓蒂斯热情的欢迎，他本来已经冷却的心，因为真挚的热情而温暖。虽然他本来是那样失望，一直寻求自由的他最终只是找到了另一座监牢。"现在咱们看看，能不能把我进来的痕迹消掉，关于这个秘密一定不能走漏半点风声。"他向洞口走去，弯着身，毫不费力就把大石头拿起，并且放回了原位。"你挖这石头的时候太不小心了，看来你没有什么工具吧。"

"什么？工具！难道您有工具吗？"邓蒂斯惊奇极了。

"是的，我自己做了一些，现在就差一把锉刀了。"

"我真的很想看看您辛苦做的那些东西！"

"那么，这是我的凿子，是用床上的铁做的，我用它挖出了来的路。可是你的房间一面是门，是你告诉我那里通向走廊，然后通向天井，那里都是士兵。一面是实心的岩石铸成的。一面是通向堡长的房间。最后一面，让我看看。"说着，他就让邓蒂斯爬上桌子，伸出双手，自己敏捷地爬到邓蒂斯肩头，勉强把头塞出黑牢高处的栅栏缝里，仔仔细细地看了个究竟。

没过多久，他缩了回来。"就像我想的，这面墙外都是哨兵日夜巡逻和把守的地方，所以我们只能听从上帝的安排，无法从你这黑牢里逃脱了。"

　　邓蒂斯看着这个人淡然的神情，心里充满了敬佩。他长久的希望一瞬间被打消，还能这样的从容。"那么，请您告诉我，您是什么人？在我眼里，您是强者中的强者。"邓蒂斯终于问道。

　　那个人苦苦地笑了一下说："我是法利亚长老，在一八一一年被关进伊夫堡。我曾经还被关在费尼斯德坦堡里三年。在我被转进这里的时候，拿破仑还是诸事顺利的，甚至要把自己的婴孩封为罗马国王。想不到现在这个强大的帝国居然被推翻了！在伊夫堡的人，所拥有的有用事物只有两样，那就是时间和脑力。我在一开始的四年里，花工夫制作了所有的工具，后来又用了两年的时间挖掘这些坚硬的泥土，然后我用尽心力去搬开那些我曾经以为根本无法撼动的大石。"听到这里，邓蒂斯不觉低下了头。长老所说的这些，在他看来是如此的艰难，是根本无法想象的计划。然而这个老人却拼死拼活地寻求着自由。法利亚长老已经年过五十，自己还没有长老年龄的一半大，却轻易地浪费了六年的光阴。邓蒂斯的心中又一次燃起了新的希望，他的勇气与信心被长老重新点燃起来。他决心学习这位无畏的长者，勇敢的同伴。他沉思着，突然宣布："我想出让我们自由的方法了。"

"真的吗？是什么？"长老吃了一惊，问道。

"只要我们在现在的地道的中部开一个丁字路，那么我们就可以到走廊边上把看守走廊的哨兵杀掉，然后就可以逃走了！我们只需要勇气。"

"等等，我的好朋友，"长老意味深长地打断邓蒂斯说，"那不是勇气。我可以挖通一面墙，但是我绝不会刺穿一个人的心。"看到对方默默无言地听着，他继续说："从我入狱起，我已经把所有著名的越狱案件都想过了。成功的人都是因为有着长期而谨慎的计划。只是一心莽撞地逃跑是无法成功的，只要耐心等待和信赖时机。我不只有希望支持我，我还有写作和研究支持着我。"

"难道您被允许拥有笔纸和墨水了吗？"

"哦，不是的！我除了自己制造，别无他法啊。"

"你到我的牢里时，我可以给你看我反省一生的结晶。那是一篇有头有尾的文章，如果印出来应该有四大本书。这本书就写在我两件衬衫上，为此我还发明了一种药剂。这可以让我写字就像在羊皮纸上写得那样光滑流利。"

邓蒂斯充满了钦佩。"那么您是位化学家吗？"

"勉强算是吧，在罗马的书房里，我有将近五千本书。但是当我读过之后发现，一个人只要读过其中一百五十本精选的书，就可以掌握人类的一切知识了。我用了三年时间去研究它们，直到我对它们烂熟于心。"

　　"那么您一定精通好多种语言，对吗？"

　　"是的。"

　　邓蒂斯越来越觉得眼前这个人有着超凡的能力。"您什么时候能把这些东西给我看呢？"

　　"随时都可以。"长老回答道。

　　"那么请立刻给我看吧！"邓蒂斯恳求着。

　　于是长老重新钻入了地道，邓蒂斯连忙跟了上去。

　　两个人在略显拥挤的地道里蜷着身走着，没过多久就到了另一端，越接近长老的牢房，洞穴就越小，以至于两个人只有趴着才能过去。邓蒂斯一进到长老的房间，就用急切和搜索的目光一直环顾着四周，但是他看到的都是平常的东西。

　　长老说："很好，现在刚过了十二点一刻，我们还有几个小时可以利用。"邓蒂斯这才从长老口中知道，原来利用太阳的光线移动也是可以推测出准确的时间的。长老在邓蒂斯心中的分量又加重了不少。

　　"快，请把您告诉我的那些神奇的发明给我看看吧，我真的等不及啦！"邓蒂斯激动地对长老说。

长老微笑着走到一个废弃的壁炉前，用凿子顶开一块长石头，露出了一个安全的储藏库。他从那里拿出了自己的各项发明，一一向邓蒂斯展示，当然也包括印出来有四大本书的论意大利王国的著作。在邓蒂斯看来，这一切就像是一场魔术表演一样！他全神贯注地看着每一样东西，那神态就像是欣赏船长从南半球带回来的那些稀奇古怪的道具一样。

"还有一件事我不明白，"邓蒂斯问道，"这么多的事情，您怎么能只用白天就全部做完呢？"

"在晚上，我也工作。"长老回答。

"晚上！难道您的眼睛像猫一样，可以在黑暗中工作吗？"

"不是，上帝赐予人智慧，这可以弥补感官的不足。我为自己弄到了光。"

"什么？请您告诉我！"邓蒂斯惊讶极了，他自己在这阴暗的黑牢里那么久，不敢相信法利亚长老可以弄到光。

"在我们的食物中不是有肉吗？我把肥肉割下来，熬一熬就制成了最上等的油了，就像这盏灯。"边说着，长老拿出了一个容器，像极了油灯。

"哪里有火呢？"

"这有两片火石，还有一团烧焦的棉布。至于火柴，我假装有皮肤病，就向他们要到了硫磺。"

邓蒂斯将自己看到的东西轻轻放在桌上，这里简直是一个博物馆。他垂下头，这位老人的坚韧和毅力已经深深感动了他。

"这可不是全部，"法利亚继续说，"我觉得把所有宝物藏在一处不是明智的选择，我们先把这个洞盖上吧。"

邓蒂斯帮法利亚将石头放回了原位，长老又在上面洒上了一层灰，用脚擦了几下，使这地方和周围融为一体后，将床移开。床头后有一个洞，这个洞被一块石头严密地盖着，绝不会引起怀疑，一条长长的绳梯藏在里面。看到邓蒂斯既惊讶又疑惑的表情，长老说："这个绳梯是我将费尼斯德里堡拆散的衬衣和床单带来，在这里完成的。缝制它的工具是用鱼骨做的针。"说着，他从自己那破烂的衣衫里拔出一根又长又尖的鱼骨拿给邓蒂斯看。

邓蒂斯出神地看着绳梯和鱼骨，脑海中想着另一个念头。法利亚长老拥有着如此的智慧，那么他也许可以解开那个谜。那就是，自己遭到这样的灾祸到底是因为什么。他自己已经思考了很久很久，可是却一直没有得出答案。

"年轻人，你在想什么？"法利亚看出了邓蒂斯一脸的困惑。

"您已经将身世告诉了我，可是我还没有告诉过您我的身世。虽然我的生命还太短，但是却包含了一场灾难，一场我不应该承受的灾难。我想要知道这事情的根源，因为我不想再咒骂上帝。"

"来吧，就让我听听你的故事。"

邓蒂斯开始对长老讲述自己的身世，这所谓的身世其实只包含着几次航行，接着就说到了最后一次。船长是如何去世的；自己是如何接到包裹交给大元帅的；自己又如何收到给诺梯埃先生的信；如何到达马赛见到自己朝思暮想的父亲；如何在与心爱的美茜蒂丝的订婚宴上被捕；如何受审；如何到了法院的监狱；最后又如何被关到伊夫堡。在遇到长老之前，一切对他来说都是空白，他甚至不知道入狱有多久了。长老在听完后，聚精会神地想了很久。

"有一句格言说得很好：不论是什么坏事，如果你想抓住做坏事的人，就要先发现谁可以从这件坏事中得到利益。你的失踪对谁有利呢？"

"天啊！谁都得不到好处，我只是一个无足轻重的人。"

"别这么说，你的回答是不合逻辑也不合理的。我的朋友，世界上的所有事情都是相互关联的。国王的死可以让继承者得到王冠，而小官的死可以让接替者得到职位和薪水。每一个人，从最高阶级到最低阶级，在社会上都有着自己的位置，而在他的周围是一个有着利害关系的小世界。让我们回到你的世界，你说你快要担任船长了，是吗？"

"是的。"

"并且快要成为一个美丽姑娘的丈夫了？"

"没错。"

"那么谁会不愿意你当上船长呢？"

"没有，船上的人都很爱我，但是有一个人有点讨厌我。"

"有点头绪了，他是谁？"

"邓格拉司。"

"在船上担任什么职位？"

"押运员。"

"假如你当上了船长，那么你会留下他吗？"

"如果我有选择权，当然不，因为我发现他的账目不清楚。"

"好极了！你和船长最后那次谈话时，有人在场吗？或者有谁窃听到了吗？"

"没有，只有我们两人。但是门是开着的。等等，当我拿到包裹时，邓格拉司刚好经过。"

"这就对了！你在厄尔巴岛时，有谁和你一起上岸吗？"

"没有。"

"有人给你一封信，你把它放在哪儿了？"

"回到船上，我就把它夹在了笔记本里，笔记本一直留在船上的。"

"那你回到船上之前，信是放在哪里的？"

"拿在手上了。"

"那么有谁看到你手上拿着那封信了？"

"他们都看到了。"

"邓格拉司也看到了？"

"当然。"邓蒂斯开始紧张了。

"你现在听我说，仔细回想你被捕的场景，那封告发信上的内容你还记得吗？"

"当然记得！那些字深深地刻进我的记忆。"

"背给我听。"

邓蒂斯沉思了一会儿，一字一句地说了出来。长老听后耸了耸肩说："这事情就像是白天一样清楚啊。你一定是心地善良，不会怀疑人。邓格拉司的字怎么样？"

"很漂亮。但是那封匿名信的字是向后倒的。"

长老笑了一下，拿出了自己的笔蘸了墨水，在自制的布片上用左手写了匿名信的头两个字。邓蒂斯惊恐地退后了几步。

　　"这！这简直和那信上的笔迹一模一样啊！"

　　"是的，匿名信是使用左手写的，每个人用右手写的字都不同，但是左手写的却是一样的。那么谁想阻止你和美茜蒂丝结婚呢？"

　　"有个人叫弗南，他也爱着美茜蒂丝。"

　　"你认为他会写这封信吗？"

　　"不会的！他更愿意直接捅我一刀。"

　　"邓格拉司认识他吗？"

　　"他认识，我想起来了。就在我结婚前一天，他们两个一起坐在凉棚里谈话。"

　　"只有他们俩吗？"

　　"还有卡德罗斯，但是他已经快要喝醉了。等一下！我怎么从来没想过呢！他们的桌子上有笔、墨水和纸。天啊！这些坏蛋！"邓蒂斯痛苦地敲着自己的额头。

　　"你还有什么事想知道吗？"

　　"有！我还想求您告诉我，为什么我没有经过正式的手续就被判罪？为什么我没有上法庭？"

　　"这事情可严重多了，你必须再告诉我一些详细的情况。首先，谁审问你的？”

“是代理检察官。大约二十七八岁。”

“他对你的态度是怎样的呢？”

“宽容远大于严厉。”

“你把所有事情都告诉他了？”

“是的。”

“他在审问你时，态度有变化吗？”

“有的，当他看到陷害我的信时十分激动，说他非常同情我的处境。他还把那封信给烧毁了。”

“那封匿名信？”

“不是，是那封需要我转交的信。”

“你肯定他烧了那封信？”

“他当着我的面烧的。”

“啊！那这个人可能是你无法想象的大混蛋。”

“天啊，难道这个世界上遍地都是老虎和鳄鱼吗？”

“这封信是给谁的？”

“给巴黎高海隆路十三号的诺梯埃先生。”

“你能想到，他把信烧毁有什么好处吗？”

“很可能有好处，因为他嘱咐我很多次不让我把信的事情告诉任何人。还让我发誓不要透露那个人名。”

“诺梯埃！”长老反复地念叨着这个名字。“大革命时期有这么个人，他是吉伦特党人！代理检察官姓什么？"

"维尔福。"

长老突然狂笑起来，引来邓蒂斯惊诧的眼神。"怎么了？"

"这件事比你眼前的阳光还要清楚。可怜的年轻人啊！你认为那个人同情着你，其实他就是毁掉你的人啊！维尔福就是诺梯埃的儿子啊！"

呆若木鸡，这就是邓蒂斯听到这句话的反应，他真的完全被吓坏了。紧接着他惊醒，双手紧紧抱住头，似乎这个真相已经快使自己的脑袋爆裂开。他的嘴唇里透出痛苦的声音，就像是心灵在哭喊一样。过了很久很久，他终于平静下来，一种刚强严肃的表情出现在他的脸上，因为他有了坚定的目标。长老尖锐的目光看向他："我已经后悔帮你找到事情的真相。因为这使你心中有了新的烦恼。那就是复仇。"

第九章　学生

　　长老的博学与睿智震撼了邓蒂斯，他用理智解决
了邓蒂斯长久以来的困惑。残酷的现实与真相终于赤
裸裸地展现在邓蒂斯眼前。刚刚醒悟的邓蒂斯，面
对这已经发生但却是无比残忍的真相，到底该何去
何从？

　　年轻人的脸上露出了一丝痛苦的微笑，但是却一闪而
过。"我们还是谈些别的事情吧。"他低声说。

　　长老望了望他，摇了摇头，只好顺着邓蒂斯说起别的
事情。他所说的话有着重要的启示和丰厚的知识，却一点
也没有自夸。邓蒂斯钦佩他所说的一切，认真地倾听着。
这些话为他打开了新的世界，让他知道如果自己可以在道

德、哲学和社会上有着崇高的精神追求，那么将得到更高的快乐。

"您一定要把你知道的教一点给我，哪怕是为了让您对我不厌倦。因为我知道像您这么有学问的人，是不会忍受和我这样无知的人在一起的。只要您答应我，我保证再也不提'逃走'这两个字了。"邓蒂斯恳求道。

"我的孩子，"长老微笑着说，"人类的知识其实是有限的，我教给你数学、物理学、历史和我所知道的现代语言后，你所知道的就和我一样多了。如果把这些交给你，都用不了两年的时间。"

"什么！两年这么短的时间，我真的可以学到一切东西吗？"邓蒂斯惊诧极了。

"是的，但这并不是说你可以懂得应用它们，只是学到它们的原理。有学问的人和有智慧的人是不同的，记忆造就了前者，而哲学造就后者。哲学是科学的综合，是无法学到的。"

"好，那么您先教我什么呢？我已经等不及要开始了。"

"好的！"长老一口答应了他。

就在当天晚上，两个囚徒就成为了老师和学生，他们拟订了教育计划，并且决定第二天开始实施。邓蒂斯以不可思议的记忆力和惊人的理解力快速地学习着。他很有数学头脑,可以掌握各种计算方法,他的想象力又可以把枯燥呆板的公式变得有意思。已经掌握意大利语和一点希腊语的邓蒂斯,能够轻松地了解各种语言结构。过了六个月后,他已经可以说西班牙语、英语和德语了。在这期间,他从没有说过逃走。他遵守着诺言,浓厚的学习兴趣超出了对自由的渴望。一年时间过去,邓蒂斯已经是一个全新的人了。

相反,法利亚长老却日渐犹豫。有时他会突然站起身不停地走来走去,有一次他突然停下来感叹着:"哎!如果没有哨兵那该多好啊!"

"只要您愿意,哨兵可以没有。"

"不!你知道我反对谋杀。"长老连忙制止。

三个月又过去了。长老问邓蒂斯:"你能不能保证,不到最后关头绝不伤害哨兵?"

"我保证!"

"我们多久可以完成这个计划?"

"至少一年。"

"我们已经白白浪费一年了。"

"难道你认为这一年是浪费了吗?"长老温和地责备着。

"请原谅我。"邓蒂斯已经面红耳赤了。

"得了，得了！人只是人，你已经是我见过最优秀的人了。来，我给你看看我的计划。"长老拿出了自己的设计图，上面画着两个人的地牢和中间的地道。长老提议再挖一条通向哨兵站岗的走廊的地道。然后挖一个大洞，并且将那洞口的石头弄松，这样哨兵就会在需要的时间掉进洞里，两个人就可以立刻捆住他，并且堵上他的嘴巴，用长老的绳梯从走廊窗口逃走。邓蒂斯一听这个计划是这样简单可行，无法掩饰内心的喜悦，使劲拍手鼓掌。

就在当天，两个人又化身成两个矿工，专心劳动着。长期的休息已经恢复了他们的体力，而且他们奋斗的目标多半可以实现，所以他们工作得更加起劲。同时，他们又是谨慎的。他们学会辨别狱卒极轻的脚步声，并且小心地不让劳动留下一点痕迹。一年多的光阴就在这工程中消磨了，仅有的工具只是一只凿子、一把小刀还有一条木棒。在工作的同时，法利亚长老继续担任邓蒂斯的老师，用各种语言和邓蒂斯交流，讲述各国的历史。长老温文尔雅的仪态也影响了邓蒂斯，这样的高贵气质是他一直欠缺的。

但是就在工程完成，等待最后时机的时候，一声痛苦的呼唤传到邓蒂斯耳中。

第十章　发病

邓蒂斯成为了法利亚长老优秀的学生，他学会了知识，拥有了智慧。现在，他已经是一个全新的人了。就当一切准备完毕，两个人要逃离这个困住他们多年的阴暗地牢时，长老却发病了。长老得的是什么病，两个人还能一起逃脱这地狱吗？

邓蒂斯连忙回到自己的牢里，发现长老脸色苍白地站在中间，冷汗从额上流下来，两只手紧握在一起。

"天啊！什么事？怎么了？"邓蒂斯吓得声音都颤抖了。

"快！快！听我说！我完了！我得了可怕的病，也许会死，我以前发过一次病，只有一种药能治。快到我牢里，拆开一只床脚。就在床脚上的洞里藏着一个小瓶子，里面装着半瓶红色液体。拿来，哦不！我在这儿会被发现的。快把我扶回我牢里！"

邓蒂斯并没有被这突发的恐怖打倒，他使劲拉起自己不幸的同伴钻入地道，到了牢里，立刻把病人扶上床。

"谢谢！"长老哆哆嗦嗦地说，"你要记住，等我发病时会异常剧烈，我会可怕地痉挛，并且发出喊叫。你一定要小心不要让别人听到。当我一动不动，像尸体一样冰冷时，你要及时用凿子撬开我的牙齿，将八到十滴药水滴进我的喉咙，也许我就会恢复。"

还不等邓蒂斯回答，长老突然喊道："救命！我……我……死……"

长老的全身已经开始猛烈地抽搐起来，眼睛突了出来，嘴巴歪向一边，双颊变成紫色。他挣扎着，口吐白沫，身子不停扭动，发出可怕的叫声。邓蒂斯赶紧把被单蒙在他头上，以防被发现。这突如其来的病整整持续了两个小时。长老最后一次抽搐后就昏厥了，他的身体已经完全地冰冷、失去了生气。邓蒂斯按照长老的话，一步步艰难地做着。他看着长老依旧僵硬的身体，害怕极了，他将药水滴到长老的喉咙里，一丝红晕终于出现在长老的双颊。

"活了！活了！"邓蒂斯喊起来。

过了很久，病人终于恢复了，但是依然四肢无力地躺在床上。

"我以为看不到你了。逃跑工程已经准备好，我以为你会走。"长老有气无力地说。

"您真把我看得如此卑鄙吗？"邓蒂斯激动极了。

"我现在知道我错了，我这病已经把我折磨得精疲力尽了。下一次发病，我想我就会死去。"

"不，您不会的！我可以等您恢复再一起逃走，无论多久！"邓蒂斯已经暗暗发誓，绝对忠诚于自己的朋友，永远地陪伴长老。

法利亚看着青年，他是那样高尚、朴实，从他的脸上可以看到真诚的情意。"谢谢你，你先回去，否则会被发现的。明天我要告诉你一件重要的事情。"

邓蒂斯紧紧握住长老的手，得到了鼓励的微笑，便不舍地走了。

第二天，时刻惦记着同伴的邓蒂斯一刻没有耽误地来到了长老的房间。长老的神色安宁祥和，看到了邓蒂斯，便把他叫到身边，展开了一张破旧的图纸。

"看呀，现在我要把这秘密告诉你了，这就是我的宝藏。而从此刻开始，它有一半属于你了。"长老微笑着说。

邓蒂斯额上冒出了冷汗，长老看着他继续说道："我的孩子，你的心地是那样高尚，看到你苍白的脸和发抖的身体，我已经清楚你心里在想什么。你一定担心我发疯，但你因为尊重我，一直避开这个话题。放心，我没有疯。这宝藏是真实存在的，邓蒂斯。如果我不能拥有它，你可以。是的，就是你。我很快就会因为发病而去世，这宝藏却可以使十家人成为巨富。我曾想就让它永远埋葬吧，不能让那些迫害我的人拥有它。但是你的爱让我宽恕了世界。你是那么年轻，有着远大的前途，有了这个秘密，你会得到幸福。我真的害怕会失去你这样可敬的人，独自拥有这巨大的宝藏。"

邓蒂斯低垂着眼睛，他难过极了，他宁愿不要这宝藏，他只想用一生的幸福换来长老活下去的希望。这些日子，他和长老已经有着胜过师生，就像是父子一样的感情。

长老已经看穿了邓蒂斯的想法，他用坚定的目光制止了他。"我的话还没有让你完全相信，那么来看看这证据吧。"说着拿过来一张已经被火烧过、缺了一半的纸。邓蒂斯接过纸念着：

"今日为一四九八年四月历山大六世之邀，应召赴宴，所献之款，而望成为吾之继承人，则将凯普勒拉及宾铁伏格里奥归于被毒死者，吾今向吾之斯巴

达，宣布：吾曾在一彼所知地点在基督山小岛之洞窟
银条，金块，宝石，钻石，美仅吾，一人知之，其总值
约及罗马艾居二开岛东小港右手第二十块岩洞口二处；
宝藏系在第二洞口最吾全部遗与吾之唯一继承人。

凯

一四九八年四月二十五日"

可是这些断句残字摆在邓蒂斯眼前，他根本无法明
白是什么意思。长老慢慢地说道："我的朋友，因为你第
一次读到它，它的意义不明。但是对我来说，我用尽心血
来研究它，将每个句子都重新写出来，把意思都补充完整
了。现在先听我讲讲这纸的来历。"

邓蒂斯拖过一个长凳，坐在长老身边，认真地听起来。

第十一章　宝藏

　　看着长老被疾病折磨得疲惫不堪，邓蒂斯痛苦极了。他不想失去长老，长老是他的老师，更是他的朋友，甚至就像他的父亲。长老感受到邓蒂斯的善良正直，意识到自己的身体已经支撑不了多少日子了，终于决定将宝藏的秘密告诉邓蒂斯。

　　长老支撑着自己的身体，讲了这个故事——

　　罗马大战结束，凯撒·布琪亚完成了自己的征服事业后，急需钱款购买意大利全境。教皇急需钱款摆脱法国国王，所以需要有利的交易活动。但是当时的意大利已经十分贫困了，教皇只能想到一个主意。他决定册封两位红衣主教。因为在罗马选择两位伟大人物，尤其是大富翁，教皇就可以获得很多利益，红衣主教手下的官位和两个红衣主教的高帽子可以卖不少钱。不久就选出了这两位红衣主教，分别是琪恩·罗斯辟格里奥赛和凯撒·斯巴达。两个人都为这荣誉感到无上的光荣。这件事一确定，就有八个人买了官位。一笔钱款就进到了卖主的金库里。

教皇极其疼爱罗斯辟格里奥赛和斯巴达，不仅赐予他们红衣主教的勋章，还劝他们把不动产都变卖成现金，在罗马定居下来。教皇和凯撒·布琪亚还宴请两位红衣主教。宴席的地点就在圣皮埃尔-埃里斯兰宫周围，教皇的一个葡萄园中。两位红衣主教早已经听说这个幽静可爱的地方，罗斯辟格里奥赛高兴得忘乎所以，斯巴达却是小心谨慎的。他只有一个侄子，是一位有远大前途的军官。斯巴达极其钟爱他，所以拿出纸笔写下遗嘱，派人去找他的侄子。他明白这宴请的含义，当时已经不会有人直接传达："凯撒赐你死！"而是由教皇派人面带微笑地说："教皇请你赴宴。"斯巴达动身到了葡萄园，教皇已经在等他。他第一眼就看到自己的侄子和虎视眈眈的凯撒·布琪亚，他的脸立刻变青。宴请开始，他只来得及问侄子有没有收到自己的口信，却得到了否定的回答。一切都太晚了，因为斯巴达已经喝下了一杯教皇特地给他的美酒，而一小时后，医生就宣布叔侄两人已经中毒身亡。

凯撒和教皇以找死者的文件为借口，急不可待地去抢遗产。但是找到的只是斯巴达的一小片儿纸：我把我的库藏和书籍赠给我最钟爱的侄子。里面有我的金角祈祷书，希望能好好保存，留作纪念。这两个抢遗产的人仔仔细细地寻找，翻看那祈祷书，但是却发现斯巴达原来是可怜的人，他除了图书和科学仪器外，什么都没有。

　　但是他的侄子在断气前，及时和妻子说了一句："仔细在叔父的文件里找，在里面有真正的遗嘱。"于是他们又是一番寻找，彻彻底底地翻查，但还是没有结果。

　　时间一天天过去了，教皇去世了，凯撒也被放逐。所有人都以为斯巴达家族可以再次发达起来，但是事实却不是如此。谣传说凯撒已经从教皇那里夺走了两位红衣主教的遗产走了。斯巴达一族已经习惯贫贱的生活，其中一位是斯巴达伯爵，法利亚长老曾经当过他的秘书。那本重要的祈祷书就在伯爵的手里。这本书因为出现在遗嘱里，所以成为了真正的传家宝。法利亚长老和以前的二十位秘书一样，把家族庞大的文件查看了一遍，但还是一无所获。斯巴达伯爵直到去世，还是穷困潦倒。

　　到了法利亚长老被捕前一个月，也就是斯巴达伯爵去世的第十五天，长老又一次整理家族文件。他已经看了千百遍了，他疲倦极了，竟然垫着手睡了过去，醒来时已经傍晚了。他想在黑暗中点盏灯，但是火柴盒已经空了，就摸出一张纸在快熄灭的壁炉里点燃。

就是那张一直被人当废纸一样夹在祈祷书里做书签的纸，这一刻像被施了魔法一样，纸上出现了淡黄色的字迹。这纸上有神秘的隐形墨水！长老赶忙抓住纸扑灭了火，但是那神奇的纸还是被火烧掉了三分之一。留下来的就是给邓蒂斯看的那张纸片了。

讲完这个故事，长老得意扬扬地把第二张纸给了邓蒂斯看。"这张纸是我用尽心血思考，把残破的文字补足的。把这两张拼在一起，你就明白了。"邓蒂斯在长老兴奋的目光下，将两片纸合了起来。

今日为一四九八年四月——二十五日，吾受教皇圣下亚历山大六世之邀，应召赴宴，——恐彼或不满于吾捐衔所献之款，而望成为吾之继承人，则将——令吾与红衣主教凯普勒拉及宾铁伏格里奥归于——同一之命运（彼二人系被毒死者），吾今向吾之——唯一继承人，吾侄葛陀·斯巴达，宣布：吾曾在一彼所知——悉并曾与吾同往游览之地点（在基督山小岛之洞窟——中）埋藏吾所有之全部金银条，金块，宝石，钻石，美——玉；此项宝藏之存在仅吾一人知之，其总值约及罗马艾居二——百万；彼仅须打开乌东小港右手第二十块岩——石，即可获得。此窟共有洞口二处；宝藏系在第二洞口最——深之一角；此项宝藏吾全部遗赠予吾之唯一继承人。

凯——撒·斯巴达
一四九八年四月二十五日

"现在你明白了？"长老问。

邓蒂斯仿佛在做梦一般，一会儿怀疑，一会儿又高兴，两种情绪交织在一起。

"这宝藏是属于你的，只属于你，我没有权利拥有它。"邓蒂斯答道。

"你就是我的儿子啊！邓蒂斯！"长老张开了双臂，迎来了青年的拥抱，邓蒂斯紧紧环住长老的脖子，哭了起来。

第十二章   永别

　　一声凄惨的叫声，长老最终还是无法和邓蒂斯一起逃出这个地狱了，但他没有遗憾，长眠使他获得了自由。邓蒂斯悲伤极了，但是狱卒已经要来带走长老的尸体了。可怜的邓蒂斯到底该怎么办，是悲哀地再次陷入永远的孤独，还是另寻出路？

　　宝藏的秘密一直是长老沉思默想时的题目，如今，这个秘密已经可以保证邓蒂斯的幸福了。长老把邓蒂斯当作自己的儿子，宝藏的价值也在他的心中增加了一倍。每天他絮絮叨叨地向邓蒂斯解释，这笔巨款可以造福多少人。但是邓蒂斯却越发阴沉，他知道这笔巨款可以给自己的仇人降来多大的灾祸。

一天晚上，邓蒂斯突然醒来，他似乎听到有人在呼唤他。声音凄婉极了。"哦不！不会的！"邓蒂斯迅速搬开床，钻入地道进到长老的房间。摇曳的灯光照着长老惨白的脸和抽搐的身体。邓蒂斯痛苦地喊叫，他害怕失去长老。他失去了理智，冲到门口喊："救命！"长老用尽力气阻止他。

　　"放心，我亲爱的邓蒂斯，我就要脱离这黑牢，脱离痛苦了。你年轻力壮，你一定可以逃走的。"邓蒂斯转过身，紧握住长老的手大喊："哦！我的朋友！别说了，我可以再救你一次！我可以！"

　　"你是上帝赐给我的礼物，我衷心地感谢这一切。你应该得到幸福，等你逃走，赶快到基督山去享用宝藏吧，你受的苦够多了。"长老轻轻地对邓蒂斯说。

　　突然，一阵剧烈的痉挛打断了老人的话，邓蒂斯抱住了他颤抖的身体。"不，不！别离开我！救命！救救他！"

　　"嘘！嘘！再见了……"长老扭曲着四肢，口吐白沫，再也无法动弹了。这一次，长老是真的离开了。邓蒂斯用了所有方法都唤不回长老了，邓蒂斯永远地失去了他。

　　千钧一发时，狱卒来了，邓蒂斯吹熄灯钻进地道。他强忍着悲伤，屏住呼吸听着狱卒的对话。

　　"这下好了，他去找他的宝藏了！"

"他是一位长老，或许他们会赐给他一只布袋。"

随后，堡长听到长老死亡的消息也来了。"就在今晚十点或十一点，把他带到坟场。不用看守了，他已经死了。"说完就离开了。房间恢复了安静，静得让人悲痛。

邓蒂斯回到了长老的房间，看到床上的一只粗布口袋包着长老僵硬的尸体。一切都完结了。孤独！他又孤独了！他觉得自己已经一无所有了！也许只有死亡才能让他和长老再次相聚。

"死！不！现在不能死，我已经坚持了这么久，不能这样白费了长老的心血。我要活！我要奋斗，直到最后一口气！"他挣扎着，突然一动不动，好像有了一个惊人的想法，他猛地站起来。"啊！是您让我有了这个想法吗？仁慈的上帝？既然只有死人才能离开黑牢，那么就让我装死吧！"

邓蒂斯用长老制造的小刀割开了布袋，弯身钻到可怕的布袋里，将长老拉了出来，背到自己的牢里。然后他把冰冷的长老放在自己的床上，最后深深地吻了那冰冷的额头。他把长老的脸面向墙壁，这样狱卒会以为他睡着了。然后他换了装，回到尸体的口袋里，把袋口缝了起来。他的处境十分危险，但是计划已经决定了，他决不回头。邓蒂斯静静地等待着，使劲压住自己狂跳的心。大约到了堡长指定的时间，楼梯终于有了脚步声，邓蒂斯知道时机到了，他集中所有勇气，屏住呼吸。门开了，昏暗的光透过了布袋，照进他的眼睛。

两个黑影走向他的床边，分别抬起了布袋的两端。

"这个瘦老头挺重啊。"

"人骨头是每年都会变重的。"

邓蒂斯为了装死人，故意把身体挺得硬邦邦的，突然，一股新鲜寒冷的空气吸进他的鼻子，一种悲喜交加的感觉环绕着他。

"你把结绑上了吗？"

"绑上了，很紧的。"

邓蒂斯疑惑极了，不知道为什么要把他的腿绑上，还似乎绑了一个很重的东西。两个人又扛着他走了五十步路，一扇门打开了。这回，邓蒂斯听到了浪花拍击岩石发出的清晰的声音。

"总算到了。"

"再走远点！上次就是在这儿停住，结果撞到岩石了。"

他们又走了五六步，邓蒂斯被他们在空中荡来荡去。

"一！"

"二！三！走喽！"

突然，邓蒂斯发现自己像一只受伤的鸟迅速掉落，虽然只有一瞬，但对于邓蒂斯却有一百年那么长。终于，一个可怕的冲击，他掉进了冰冷的海水，他嘶吼了一声，便沉了下去。

原来，邓蒂斯脚上绑着的是大铁球，而大海就是伊夫堡的坟场。

第十三章　逃脱

　　邓蒂斯用智慧与冷静终于逃脱了地狱，十四年牢狱生活终于结束，他获得了自由。逃脱带给他的除了自由，还有更冷酷的事实，那就是生存。被现实隔离十四年后的邓蒂斯如何适应生活？作为逃犯的他，如何真正逃离追捕？

　　邓蒂斯已经头晕得快要窒息了，但是他还记得要屏住呼吸。他用本来准备随时逃跑的小刀迅速划破口袋，挣出了自己的身体。但是他却挣脱不开脚上绑住的铁球，他在不断向下沉，他弯下身子拼命割断了绑在两脚上的绳索，使劲一跃露出了海面。他渴望空气，但是为了不让人看到自己，他只吸了一口气就再次潜下水。恐惧无情地追逐着他，同时又增加了他的力量，他庆幸自己没有丧失一个水手对大海怀抱的熟悉感。

一个小时过去了，邓蒂斯因为自由兴奋极了，不断地乘风破浪向前游着。风雨雷电就在他身后狂轰乱炸，稠密的云块就要向他压来，就当他要精疲力尽的时候，他到达了一个小岛，他这才想起自己已经二十四个小时没吃没喝了。他伸出双手贪婪地喝着积在岩洞里的雨水。他本来可以休息片刻游回马赛的，但是像他这样一个长发怪人走在街上，肯定会立刻被发现的。"怎么办！我真的又冷又饿，在荒芜的小岛上我真的活不久啊。不管去哪里，我这样赤身裸体都会被发现。上帝啊，救救我吧。"当邓蒂斯喃喃地祷告时，他发现渐渐平静的海面衬出了海边一块尖石，就在那尖石顶上挂着顶水手帽。几乎在同时，远处有一艘帆船驶出了马赛港湾，只有水手的眼睛才能发现它，船头迎着风浪向邓蒂斯所在的方向驶来。这是好机会！邓蒂斯灵机一动，拿起了那顶水手帽，扮成了遭遇海难的水手，跳到海里大声地呼救，但是他的声音被海浪吞没了。他拼命向前游，眼看那船就要改变方向，他拼命一跃，露出了半个身子，拼命摇着帽子，并且发出了水手特有的大喊。他终于成功了，他被那船救了起来，这是一艘走私船。邓蒂斯隐瞒了自己的身份，以自己的镇定从容赢得了留在船上的权利。后来他展示了自己卓越的航海术，赢得了船员和船长的尊敬和信任。

通过和船员的闲聊，邓蒂斯打听到现在已经是一八二九年二月二十八日了，自己已经在那黑牢里待了整整十四年了，当初十九岁的自己已经三十三岁了。他悲哀地笑了笑，这么多年过去了，自己的老父亲和美茜蒂丝一定以为自己已经死了吧。随后，他又想到那三个让自己遭遇这些祸难的人，是他们让自己受尽痛苦。一道火光在邓蒂斯眼中燃烧，他立下了誓言，一定要弗南、邓格拉司和维尔福加倍偿还！否则决不罢休！

在邓蒂斯的帮助下，这艘走私船顺利到达了一个港口城市。下船后邓蒂斯立即在理发店理了发，他摸着自己光滑的下巴和变短的头发，在镜子中细细看着自己。十四年的黑牢生活，让他的气质有了变化：青年时期时刻微笑着的圆脸已经被拉长，刻上了坚毅和深思的线条。原本坦白的双眼充满着忧郁。他的皮肤因常年远离阳光，已经变得苍白，再加上他黑色的头发，呈现出像北欧人一样的贵族气质。他的身材从壮硕变成纤长结实，因为知识的丰富而拥有了泰然自若的神情。别说别人不会认出他，他自己都已经不认识自己了。邓蒂斯看着镜子里的自己，不由得笑了。

走私船满载着货物再度起航，前方就是基督山小岛了，邓蒂斯陷入了沉思。他恨不得立刻跳下海，登上那块土地，去完成法利亚长老的心愿，他要为了长老，亲眼去见证奇迹。然而他必须等待，为了自由他已经等了十四年。他已经学会等待了，他可以为了财富继续等待。邓蒂斯从头到尾把法利亚长老的纸默背了一遍，他没有忘记一个字。

两个月的时间过去了，邓蒂斯和船员渐渐地成为了生死与共的好兄弟，并且学会了与海盗和走私贩之间秘密的联络暗号。他已经二十多次经过基督山岛了，但是一直没找到机会。终于在一个夜晚，船长挽住他的胳膊，和走私贩们谈论沿海的生意，船长建议在基督山岛装货，就在第二天晚上。邓蒂斯在朝思暮想中终于等到了这一刻！

第十四章　寻宝

基督山小岛终于出现在邓蒂斯眼前，他终于可以完成法利亚长老的遗愿，巨大的宝藏就藏在这个小岛上。一切的一切终于会因此有翻天覆地的变化。邓蒂斯等不及要迎接着一切，但是走私船上的伙伴一直围绕在他的左右，聪明的邓蒂斯能发现那神秘的宝藏吗？

邓蒂斯真的是交到了好运，他可以完全不引起怀疑就登上基督山岛，一切都只要等一晚上了。这一晚是邓蒂斯一生中最心神不定的时刻。他将所有可能发生的事情都在脑中想了一遍，慢慢拟定出了一个计划。

夜晚终于再一次降临，出航的准备工作已经完成，忙碌的工作掩饰了邓蒂斯的焦急。他在船员中的威信，让他简直成为了指挥官，同伴们很愿意服从他，船长也信任他。到了晚上七点钟，邓蒂斯独自掌舵，基督山岛已经渐渐地出现在了海平面上，他把船交给船长后，回到了自己的吊床。他从昨晚就没有合过眼，现在的他依然不愿意合一下眼。清晨五点，岛上的一切都已经清晰可见，他热切地注视着这岛上的山岩，再也压抑不住，第一个跳上了岸。当邓蒂斯拿着猎枪，告诉同伴要去打几只野山羊时，没有人怀疑他。大家都以为他只是热爱运动并且喜爱独行。他到处走动，寻找着宝藏的踪迹。

邓蒂斯循着一条小径走，这条路似乎从没有人走过，突然，邓蒂斯脚下一滑，从一块岩石上摔了下去。一直关注着他的同伴们发现他不见了，紧张地冲过去找他。不幸的是，他们发现邓蒂斯直挺挺地躺在地上，几乎已经失去了知觉，身上还流着鲜血。同伴们心疼地向他嘴里倒了几滴甜酒，希望他醒过来。不久后，他果然睁开了眼睛，痛苦地叫着自己的膝盖痛、头痛、腰痛得厉害。他们想把邓蒂斯扛到海边，但是只要一碰到他，他就会挣扎着叫喊，说自己实在是动不了。他的同伴们都急坏了，他们担心邓蒂斯，他们不能就这样放弃自己的好伙伴，可是也不能因为他一个人放弃眼前的航程。正在大家决定留下来陪他时，邓蒂斯表示了坚决的反对。

"听我说，你们不要留下来，这都是因为我行动笨拙导致的结果。你们只要给我留下一些饼干、一点火药、子弹还有一支枪就够了，这些足以让我保护自己。对了，还有一把鹤嘴锄，如果你们回来得晚，我可以用它给自己造个小茅屋。"邓蒂斯恳切地说着。

"这样你会饿死的。"船长说。

"我真的无法再动一下了，那痛苦真的要了我的命。你们去吧，不要担心我。"

"我们可是要离开一星期的时间啊，回来后还要再绕道接你。"

"不用这样，你们如果碰到什么渔船，就让他们来接我就好。如果没有，你们回来再接我吧。"这时候，什么都已经无法动摇邓蒂斯的决心了，他要留下，一个人留下。

最后，同伴们只好留下邓蒂斯需要的东西，与他不舍地分别了。邓蒂斯看着大家，只能挥动双手，就好像他的身体真的丝毫都无法移动了。过了不久，同伴们已经走远了，他微笑着想："想不到在这些人中，让我找到了真正的友谊。"他慢慢地移动到可以看到海面的地方，看到那走私船已经启航，又过了一小时，再也看不到那船的踪迹。邓蒂斯一跃而起，身手轻盈敏捷，他一手拿着枪，一手拿着鹤嘴锄，他想起了法利亚长老给自己讲的那个阿拉伯故事，于是大声喊道："现在！芝麻开门吧！"

邓蒂斯迫不及待地去寻找财宝。他按照长老嘱咐的方法，一步一步认真地研究着手中的线索。他缜密地思考着：红衣主教斯巴达当初来到这个岛，为了不让人发现他的踪迹，曾经到过自己现在所在的小湾，把帆船藏进这里。然后斯巴达会在这里的山峡中一边走一边留下一些记号。就这样一直沿着小径走，当他到了尽头，就会在大岩石里埋掉自己巨大的宝藏。邓蒂斯一边这样推理着，一边顺着自己的推理循着记号向前走着。很快他便发现了一个斜坡，而斜坡下的大岩石一定就是顺着这斜坡滑到这里的。邓蒂斯又发现，就在这圆形岩石旁还有一块大石头。他推理着：这块石头一定是以前用来当圆形岩石的垫石的，在那岩石周围塞满了石片和鹅卵石，其间还盖上了一层泥土。它们的作用就是为了将洞口伪装起来的。多年的时间让野草从泥中生长出来，苔藓也布满了石头的表面，现在，那岩石就像原来长在那里一样。

邓蒂斯肯定着自己的推理，接下来，他却被难住了："这石头也太重了，就算是一个大力士来帮他，也不可能撬开啊！这可怎么办呢？"邓蒂斯喃喃地念叨着，大脑中飞速地转动。突然，他看到了同伴们留给他的满满的火药，一丝微笑出现在他的脸上，这魔鬼的发明将会让他达到目的。他把火药满满地装在岩石上，然后用自己的手帕做了导火线。点燃后，迅速后退。"轰隆隆！"一声巨响过后，那岩石被震得摇摇欲坠，那垫石粉碎成了碎片，四散而去。一瞬间，一群小虫从炸开的洞口匆忙逃出，一条大蛇就像是一直保护着宝藏一样，也窜了出来，一会儿就不见了。等一切恢复平静，勇敢的邓蒂斯用尽力气，终于把那巨大的岩石撬开了。就在露出的圆洞中，出现一块方形的石板，就在这石板上有一个四方形的铁环。"啊！"邓蒂斯发出了又惊又喜的一声喊叫。他真的从没想过自己的第一次尝试就会这样成功。他简直不敢相信眼前的一切。他激动极了，双腿都不自主地抖动了起来，心脏猛烈地跳动着，双眼都朦胧了，他简直要激动地晕过去了，不得不让自己暂停一下。

过了一会儿，他渐渐地恢复了平静，把一根木头插进了铁环中用力地一撬，石板被掀开，露出一个地下岩洞来。可以看到洞口有一级级的石阶延伸到地下去，一直消失在黑暗中。勇敢的邓蒂斯也有担心的时候，比如说这个时候，面对未知，面对黑暗。他脸色发白，迟疑着。终于他战胜了自己，他明白自己并不是在妄想什么，他来这里不是为了贪图宝藏，他不怕失望，就算只是传说，那又有什么关系呢？邓蒂斯决定不再多想，他带着怀疑的微笑走了进去。他原本以为里面会是一片黑暗，但是借着石缝中透进的微光，他竟然在岩洞里将一切都看得清清楚楚。

这岩洞的四周都是花岗岩，它们闪闪发着光，就像是钻石一样。他想起遗嘱上的话："在第二个洞口之一角。"他才意识到自己只是在第一个洞口，于是他开始寻找着第二个。他想为了不让人发现，那洞口一定是极为隐蔽的，所以一面找着洞口，一面用鹤嘴锄敲打着墙壁。突然，邓蒂斯听到一种可疑的回声，立即将注意力集中在那片墙壁。他靠着敏锐的判断力，狠狠地用鹤嘴锄敲了下去，奇迹又一次出现了，这一击露出了白色的大石，他知道一定要从这个地方继续挖下去。但是他越是接近最后的真相，就越是感到乏力，于是他喝了几口甜酒增加体力，便拼命地挖了下去。"哐！"突然一声清脆的响声传出来，这是手中的工具碰到钢铁的声音。

"这是一个包了铁皮的木箱！"他一鼓作气地把箱子撬开，一声巨响将箱子的一切都呈现在邓蒂斯眼前。他只觉得一阵头晕目眩，他闭上了眼睛，然后再睁开，像小孩一样不敢相信眼前的一切。

箱子被分成了三格，第一格中成堆的金币在不停地闪烁着光芒。第二格里整齐地排着一层层不曾磨光的大金块。就在第三格，邓蒂斯抓着成把成把的钻石、珍珠还有红宝石，任凭它们发出悦耳的碰撞声。

　　这数不清的宝藏的价值无法估量，邓蒂斯面对这一切目瞪口呆，就像做梦一样。但这不是梦，这是现实，是美好而甜蜜的现实。

第十五章　富翁

　　邓蒂斯终于找到了宝藏，让他没有想到的是，那宝藏的价值比法利亚长老的估计还要多得多。这无可比拟的财富让刚刚获得自由的他成为了一位真正的富翁。然而，这并不是一个轻松的转变。在邓蒂斯已经完全转变了的未来道路上，他到底会如何继续他的生活呢？

　　邓蒂斯急切地期盼着黎明，当阳光终于照亮基督山海岸，他就爬了起来，将宝石装满了自己的衣袋，他把木箱埋好，掩盖住自己曾经来过的痕迹，开始等待同伴们的归来。富有的邓蒂斯没有沉迷于宝藏，他开始思考生活，他必须回到生活中，必须回到社会中去获得地位、势力还有威望。

第六天，走私贩们终于回来了。邓蒂斯装出很艰难的样子，拖着身子来到港口迎接同伴。他告诉伙伴们自己已经好很多了，但还是因为那次受伤遭受了很大痛苦。同伴们也向他说着此次航行的事情，抱怨着邓蒂斯不在时，他们就失去了技术高超的驾船人员。而船员中一直对邓蒂斯非常友好的贾可布，更是遗憾邓蒂斯没有与自己同去，他遗憾邓蒂斯没有与大家分得相等的钱。邓蒂斯听了这话依旧不动声色，即使他知道自己只要离开小岛，就会获得巨大的利益。

第二天，邓蒂斯和大家一起到了里窝那，他走进了一家当铺，将身上最小的四颗钻石换了钱，买了一艘全新的帆船送给贾可布，并且还给了他足够雇佣一些合适的船员与配备航行的钱作为谢礼。

邓蒂斯迎来了贾可布不可置信的神情，于是说道："我只有一个请求，希望你尽快到马赛帮我打听两个人，一个是叫路易士·邓蒂斯的老人，一个是叫美茜蒂丝的女人。至于我如此有钱，为什么还当了水手，那是因为我的家人不允许我随意花钱，所以我赌气才当了水手，而这次到里窝那，我接受了叔叔遗赠给我的遗产。"邓蒂斯一直以来所展现的良好教养，让这段话听起来十分可信，贾可布根本没有再产生丝毫的怀疑。

　　随后，邓蒂斯来到船长面前与他告别，船长本来想
挽留的，但是面对约期已经结束的承诺和邓蒂斯遗产的故
事，只能不再强求。邓蒂斯看着贾可布扬帆远去的身影，
来到朝夕相处的同伴中间，赠送了许多的礼物给大家。告
别的时候终于到了，他要启程向新的生活出发了。

　　邓蒂斯到了热那亚，用一笔重金买下了最新的游艇，
在众目睽睽之下独自驶出了港口，无数围观的人都在惊叹
着这个有钱的贵族，猜测着他的目的地。然而不会有人知
道，那会是基督山。

　　第二天，邓蒂斯已经到达了基督山小岛。他注意着周
围，小心地将自己的财产藏进了自己船上的秘密暗格中。
在过后的八天中，他一边等待着贾可布的归来，一边测试
着自己的游艇。他熟练地研究着，掌握了它所有的优缺
点，并且决定将它改造得更加完美。终于就在第八天，邓
蒂斯等来的贾可布却告诉他，老邓蒂斯已经去世，而美茜
蒂丝失踪了。这伤人的消息对邓蒂斯来说是无比重大的打
击，但是他保持着镇定，决定亲自去一趟，去那个让他伤
心欲绝的马赛。

第十六章　重返

马赛对于邓蒂斯来说是一个沉重的地方，那里有着他最幸福的回忆，更有着他最痛苦的回忆。现在的他已经知道，自己最敬重的老父亲已经离世，而未婚妻更是不见踪影，他只能回到故乡马赛，去找寻答案。现实会怎样摆在邓蒂斯的面前呢？

邓蒂斯因为迫切地想知道事实的细节，他十分清楚，自己只有亲自调查才能得到满意的答案。一个晴朗的早晨，邓蒂斯的游艇终于驶进了马赛的港口。他所选择的码头是那样令人难忘，因为就是在那里，在许多年前的同一个地方，善良的邓蒂斯在完全不知情的情况下，从这个码头被押到了让人绝望的伊夫堡。不知是否为了纪念那悲惨的时刻，邓蒂斯将游艇不偏不倚地停了进去。在遇到宪兵的船靠近时，邓蒂斯还是会不自主地打寒颤。但他还是从容不迫地走在了大街上，他现在需要确认的是，自己的外表变化是否真正禁得起考验。他一眼就注意到，一个曾经与自己在"埃及王"号一起工作的船员。他直直地走到那人身边，询问着对方各种各样的事情，对方没有任何一丝神态显示出曾经见过面前的这个人。这一下邓蒂斯放心了，继续走着自己的路。然而他走出的每一步都不是那么轻松，就在这片他再熟悉不过的土地上，有着太多或幸福或悲惨的回忆，有着太多的爱与憎恨。走着走着，他就来到了那座父亲所住过的房子面前。

就在这房子里，曾经在窗前盘绕着的老父亲喜爱的牵牛花，已经看不出一丝出现过的痕迹。一切都变了，都不见了。邓蒂斯轻轻地靠在一棵树上，凝视着那房子很久很久，然后走到门口，询问这房子里还有没有空房间。

"都住满了。"

"六楼呢？那套房里也住了人吗？"邓蒂斯还是仔细地询问着。

"是的，是一对年轻的夫妇，刚刚在一星期前结婚。"

"我可以去看看那套房子吗？"邓蒂斯依然坚持。

看门人实在拒绝不了邓蒂斯的坚持，便领着他去看了六层仅有的那两个房间。看到房间真的被一对夫妇拥有，邓蒂斯终于发出了一声长长的叹息。房间里的一切已经没有了老邓蒂斯留下的一丝痕迹，脑海中的记忆轰然倒塌。邓蒂斯虽然尽力克制自己的情感，但是一想到自己的老父亲就是在这个地方思念着自己、永远地闭上双眼时，他还是泪流满面。邓蒂斯下楼后，他询问看门人，裁缝卡德罗斯是否还居住在这里。看门人告诉他那个人有着经济困难，已经去马赛附近开了一家小客栈。邓蒂斯要来了这栋房子主人的地址后，没过多久就用自己护照上威玛勋爵的名义，将那栋房子全部买了下来。他出的价钱远远比房子的价值高出了一万法郎。房子主人便立刻开心地将房子卖给了邓蒂斯。

就在那一天，在房客们办理手续的时候，才发现已经拥有整栋房子的新房主。他满足了房客所有的需求，唯一的条件就是让那对年轻的夫妇让出那套房间。这个古怪的事情传遍了整个巷子，引起的猜测数不胜数，但是没有谁真正猜对。而人们口中的这个怪人还做了件更怪的事情。大家看到他在迦太兰人的村子里散步，然后在一个渔夫家里待了一个多小时，他所打听的人不是去世了就是已经在十几年前就离开了村子。而第二天，那个渔夫收到了一大份礼物，那个怪人却只是轻轻跃上马背，便离开了马赛。

第十七章 客栈

正如那个看门人所说，在八年的时间里，卡德罗斯一直和自己的妻子经营着一家小客栈，但不幸的是，这家客栈也要接近破产了。一天，一位穿着一身黑衣的教士骑着马停在了客栈门前。这个教士突然光临无人问津的破落客栈，究竟是什么原因呢？

在法国南部的一条小路边，有一家小客栈，名叫邦杜加客栈。在它的花园里稀疏地生长着几棵无精打采的树。这些树都病怏怏的，就快要枯萎了。这个破落的客栈在八年来，一直是一个男人还有他的妻子一起经营着，但不幸的是，再这样下去，这个老板就要面临破产的威胁了。这个客栈的老板正是卡德罗斯，一位整日愁眉苦脸，大约四十五岁的男人。

一天，一位穿着一身黑衣的教士，骑着一匹骏马停在了客栈的门口，直直地走进客栈，便开始打量着卡德罗斯。卡德罗斯看到好不容易有客人光临，连忙面带微笑向客人连连地鞠躬。

"看来，您就是卡德罗斯了，对吗？曾经在马赛米兰巷生活过？"教士礼貌地询问。

"先生说对了，我就是，您尽管吩咐。"卡德罗斯虽然很是惊奇，但还是保持着面对客人的微笑。

"这就和我找的人相符合了。您以前是裁缝？"

"哦，是的，但是后来做裁缝真是无法生活了，再加上马赛的天气是那样热，我就更受不了了，就来开客栈了。"

"好吧，请你帮我拿最好的酒，然后我们再继续聊。"

教士等了一会儿，卡德罗斯拿着一瓶酒和一只玻璃杯摆在他的面前，落寞地说道："您已经看出来了，我不是什么有钱人，在这个世界上求得生存，只有诚实根本不够。"

教士用似乎能穿透卡德罗斯的目光，盯住他说："也许你说的话是真的，但我始终相信善有善报，而恶有恶报。"

"您是教士，当然会这样说，但是谁都可以怀疑这句话。"卡德罗斯痛苦地说着。

"您这样说就真的错了，我会向你证明这句话是真理。在一八一四年或者是一八一五年，你是否知道一个叫邓蒂斯的年轻人？"

"邓蒂斯？我知不知道？知不知道可怜的他？我当然知道，他甚至是我最好的朋友呢。"卡德罗斯在说完这句话时，脸上出现了一丝光彩。"您是知道他的，对吗？请您告诉我他还活着吗？求求您告诉我他怎么样了？自由了吗？"他激动极了。

"不，他到死都还是一个囚犯，他是这世界上最悲惨、最无望、最心碎的人了。"

"天啊，看来上帝只会给恶人善报，这个世界变得越来越坏了。"卡德罗斯刚出现光彩的脸上蒙上了一层灰色，转过了身，教士看到他轻轻地抹掉了一滴眼泪。

"年轻的邓蒂斯在临死前，把我叫到床边，甚至到他临终时，他都不知道为什么自己会被关进监狱。"

"这是真的！他不会知道的，先生，他说的是实话。"卡德罗斯轻轻地说着。

"他最后求我帮他解开这个谜，恢复他的名誉，"教士说到这里时，凝视着卡德罗斯忧郁的脸，"他在监狱遭遇悲惨的一切时，拥有了一个真诚的朋友，后来这个人被放了出来。这个人本是一个英国富翁，于是在他出狱的时候，把一颗珍贵的钻石送给了邓蒂斯作纪念。"

"那一定是非常值钱的吧。"卡德罗斯依然还是对钱十分敏感，这一点看来一点没变。

"对邓蒂斯来说那是相当值钱的，大约值五万法郎吧。"

"天啊！这是多么大的数目啊！"卡德罗斯喊了出来。

"不要激动，我把那钻石带过来了。因为我是邓蒂斯的遗嘱执行人，布沙尼长老。他在临终时和我说，他自己除了未婚妻还有三个忠实的朋友，相信自己的死会让他们十分的哀伤。这四个人就包括你，卡德罗斯。如果我记得不错的话，其他两位分别是邓格拉司和弗南。"

卡德罗斯打了一个寒颤："请说下去呀。"

"邓蒂斯让我把这枚钻石卖掉，然后把钱分成五份，送给你们每人一份。"

"五份？为什么？您只说了四个人啊？"卡德罗斯焦急地问道。

"还有一位就是他的老父亲，但是我在马赛听说老人已经去世了，"教士用力装出满不在乎的神情说，"我没有打听到详细的情况，你知道老人的详细情况吗？"

教士得到的答案，让他从座位上跳了起来，他的五官几乎要拧在一起。他用自己发抖的手拿起了杯子，一口喝下后走回了自己的座位。老邓蒂斯原来是饿死的。

"这简直太可怕了!"教士的脸色苍白,颤抖着。

"先生,"卡德罗斯犹犹豫豫地说,"如果,我是说如果,其他那两个邓蒂斯所认为的'朋友'做了对不起他的事,那么会怎样?"

"我有权不把钻石分给他们,只要你告诉我真相,那么钻石就是你一个人的了。"

"那么,事实的真相,谁都不如我知道得清楚了。用绝望杀死了可怜的邓蒂斯,又用饥饿杀死了老邓蒂斯的人就是弗南和邓格拉司。他们嫉妒邓蒂斯,一个是因为爱情,一个是因为野心。"接着卡德罗斯激动地把真相告诉了面前的教士,原来事实和法利亚长老推断得一模一样。

用一颗钻石,这位教士知道了所有的事实真相。他知道了好心的莫莱尔船主和美茜蒂丝是如何在老邓蒂斯的最后时间里全力地照顾他,并且船主曾经将满是金币的钱袋放在老邓蒂斯的壁炉上,但是老人拒绝使用,最后还是悲伤地饿死了。现在船主的公司却面临破产的危机。他知道了邓格拉司如何利用战争发了一笔财,然后飞黄腾达成为邓格拉司男爵。他知道了弗南是如何因为和邓格拉司的关系在军队混得了上校的头衔,拥有了富丽堂皇的府邸。而美茜蒂丝是真的竭尽全力等待过邓蒂斯,但是终于还是嫁给了全心爱着她的弗南，现在已经有了一个叫阿尔培的儿子，可是她并不快乐。

"那么朋友，请你拿了这钻石吧，它是你的了。"教士把闪闪发光的钻石递给了卡德罗斯。

"别开玩笑，先生，只是我一个人的吗？"卡德罗斯激动极了。

"是的，这钻石是分给邓蒂斯的朋友的，但是看来他只有一个朋友，那么就不能分了。希望它能让你脱离贫苦。但是我需要莫莱尔船主当初给老邓蒂斯的钱袋作为交换条件。"

卡德罗斯当然同意，两人一手接钱袋，一手接过钻石。"您真是上帝派来的人啊！"拿到钻石的卡德罗斯喊了起来。

"好了，您说的一切一定是完全可信了，那么，再见了。"教士离开了千恩万谢的客栈主人，走出了门外，骑上马便离开了。

第十八章　档案

在马赛，市长接到了一个人的见面请求。这是一个身穿蓝色外套，紫色裤子的人，听口音是英国人，他自称是一个银行的高级职员。一个银行的职员为什么要见马赛的市长呢？

就在邦杜加客栈迎来一位穿黑衣的教士的第二天，一个大约三十出头，身穿着蓝色外套和紫色裤子，打扮得十分鲜艳的人要求见马赛的市长。看他的外表和听他的口音，应该是一个英国人。

他自称是罗马的汤姆生·弗伦奇银行的高级职员，因为和莫莱尔公司有着业务关系，来打探其公司的消息。于是他从市长口中了解到，莫莱尔船主的公司已经损失了四五条船，并且还有着二十万的欠款。在得到这些消息后，这个高级职员向市长鞠了一躬，就匆匆到了莫莱尔公司的债主——监狱长波维里先生的家中。监狱长这时正在书房里，高级职员恭敬地表明了自己的来意。

"哦，先生，"监狱长叹了一口气，"您不放心莫莱尔公司是有根据的。虽然莫莱尔先生是可靠的人，但是他的公司真的已经无法支付债款了。"

"那么，我们银行将这笔债买过来。"这个高级职员竟然想用现金来还清莫莱尔船主所欠的二十几万法郎，这无疑让监狱长难以置信。

"您知道，这不关我的事，这是银行的决定，我只是奉命办事。您只需要接受这笔现金，然后在债务单上签上您的名字就可以了。"高级职员恭敬地解释。

"这当然是最好的，"监狱长很是高兴，他一直没想到可以拿回这笔债款，"你说吧，想要多少佣金，只管说吧！"

高级职员大笑起来："先生，我是不需要的，但是我想拜托您一件事。我曾经在罗马读书，而我的老师是一位长老，他后来却突然地失踪了。您是监狱长，您一定能帮助我知道一些详细情况。我只知道他似乎被关进了伊夫堡。"

"他叫什么？"

"法利亚长老。"

"关于他，我记得十分清楚啊！他是疯子，一直以为自己拥有巨大的宝藏，并且一直想用这宝藏换取自由。"

"真可怜啊！他去世了吗？"

"是的，就在五六个月前。"

"您居然记得这么清楚。"高级职员感叹着。

"那是因为这个可怜人去世时发生了怪事。就在离长老的牢房很远的另一间牢房里，本来有一个政治犯，他是拿破仑党，是非常危险的人物。"

"哦？"

"真的，我在视察伊夫堡时亲眼见过他，那个人给我的印象很深，我永远都记得那张脸！他是爱德蒙·邓蒂斯，他一定是弄到什么工具，竟然在两个犯人的牢房之间挖了一条地道。"

"地道？那肯定是为了要逃走吧。"

"当然，但是法利亚长老却病死了。"

"哦！我可怜的老师。那么计划一定被打断了吧。"那个银行的高级职员认真地听着。

"对死者来说是这样，但是邓蒂斯居然想出把自己假装成死人，钻进装长老尸体的布袋里。"

"这个方法真是大胆，这可需要不少勇气。"

"他是危险人物，我已经告诉您了。但是，政府已经不需要担心他了。"

"怎么回事？"

"伊夫堡根本没有坟场，当时他们在他腿上绑了巨大的铁球，就把他丢到海里了。他肯定没有想到自己的命运会这样结束，我真想看看他当时的表情啊，但是我可以想象。哈哈。"监狱长轻轻笑了几声。

"看来堡长把这两个人一同摆脱了。"

"没错！对了，先生，你想看法利亚长老的全部文件，就请跟我来吧。"监狱长说。

"那就麻烦了。"于是两人到了监狱长的书房。在这里，每个档案都被井井有条地编号，号码整齐地放置着。监狱长很快就找到了伊夫堡的档案，递给了高级职员，便走到一边看报纸去了。而职员趁着监狱长看报纸的时候，迅速将档案向后翻，停在了爱德蒙·邓蒂斯的文件上。在这里，原封不动地装着告密信、判决书、莫莱尔先生的请愿书还有维尔福的批注。

他秘密地将告密信装进自己的口袋，紧接着读完判决书，发现里面根本没有提到诺梯埃的名字，然后看了请愿书以及维尔福的所有批语，发现正是维尔福的一次次计谋让爱德蒙·邓蒂斯一次又一次地被陷害。

"谢谢您！"他使劲将档案合了起来，还给了监狱长，"我已经知道了我想知道的。那么现在您只要在债务转让证明上签字，就可以拿到现金了。"监狱长急忙开始签署证明，然而他没有发现，在一旁的人因为愤怒而微微地颤抖着。

第十九章　报恩

那个奇怪的银行高级职员在离开监狱长的家之后，又突然出现在莫莱尔公司的门口。就在他的手中，已经拿到了莫莱尔先生所有的债务单。对面临破产的莫莱尔先生来说，这个奇怪的英国人带来的到底会是喜讯还是噩耗呢？

就在几年之前，莫莱尔公司还是一片欣欣向荣的景象，人们在那里总能感受到活跃快乐的气氛。在那时，只要你看到公司的窗户，那么迎接你目光的都会是一张张笑脸；只要你碰到公司的员工，你会发现他们虽然忙碌，但都是在有条不紊地工作着，一切都充满着生机与活力。

　　然而现在，一切都变了。就连围绕在莫莱尔公司周围的空气都变得忧郁阴沉。曾经被职员们挤着走动的长廊，只剩下孤零零的两个人。一个是叫艾曼纽·赫伯特的青年，他深深地爱着莫莱尔先生的女儿。另一个是被称作"独眼柯克莱斯"的年老出纳。这两个人有着各自的坚持与信念，一直没有离去。

　　自称是来自罗马的汤姆生·弗伦奇银行的高级职员的那个英国人，拿着四处收购来的莫莱尔先生的债务单，来到了莫莱尔公司的门口。这正好是他结束了对监狱长的拜访的第二天。

　　"一共是二十八万七千五百法郎，莫莱尔先生。"英国人在莫莱尔先生的面前将一笔一笔的债务单加了起来。

　　"二十八万七千五百法郎！"莫莱尔先生的痛苦已经无法形容，只能照着重复了一遍。

　　"没错，先生。我知道您是一个信守承诺的人，这是有目共睹的，但是最近马赛的传闻猜测，您这次没有能力偿还债务了。"英国人说道。这句话把残酷的现实恶狠狠地抛给了莫莱尔，他的脸变成了死灰一样的颜色。

　　"先生，我继承这个公司已经二十四年多了，而我的父亲亲自经营这家公司长达三十五年，只要是有莫莱尔公司签名的债务从没有失去过信用。"莫莱尔很激动。

"这个我知道，但希望你诚实地回答我，这些债务你是否可以按时还清？"

　　面对这样斩钉截铁的提问，莫莱尔先生打了个寒颤。"是的，我可以。只要，只要我的船能安全归航。但是如果连'埃及王'号都失去了，那么一切就都没有了。"可怜的莫莱尔先生眼中已经充满泪水。

　　"这是您最后一个希望了？"

　　"是的，只有这一个了。"

　　莫莱尔先生沉默了，'埃及王'号是他唯一的希望，他把所有的筹码都压在了它的身上，但是偏偏就在这时，门外传来一阵骚动，莫莱尔先生的女儿裘丽闯了进来。她面色苍白，紧紧地抱住了自己的父亲。

　　"爸爸，你一定要勇敢一点。'埃及王'号它沉了。"

　　"沉了……"他的声音嘶哑着，裘丽将父亲拥抱得更紧了。

　　"船上的人都怎么样了？"莫莱尔问。

　　"都得救了。"

　　"感谢上帝！至少其他人没有遭受灾难。"他十指紧握。

　　那个冷漠的英国人在这个时刻，也被眼前的场景感动得眼睛湿润了。

"进来吧，我知道你们在门口。"

莫莱尔夫人哭着走了进来，紧紧地握住丈夫的一只手。在她后面，走进了七八个狼狈的水手。

"来吧，庇尼龙，告诉我发生了什么事。"莫莱尔和蔼地笑着，可是眼里还是含着泪水。

听完老水手叙述整个"埃及王"号的出事经过，莫莱尔先生叹了口气说："这都是命运，你们没有错。你们的薪水还差多少？"

"这个不要谈了，先生。"

"不，一定要谈，柯克莱斯，请你给这些男子汉每人发两百法郎的工资，"莫莱尔唤来了老出纳，接着说，"离开吧，我的朋友们，你们去找下一个老板吧，不要跟着我受罪了。"

"埃及王"号的沉没意味着莫莱尔先生已经没有船了，更没有钱造船了，他不愿意水手们跟着自己受苦。水手们不愿意离开这位可敬的船主，但莫莱尔先生还是坚定地含着眼泪把他们送走了。

房间里恢复了沉默，只剩下叹息声和哭声。"看来真是一场不幸的灾难啊。我希望我能为您做点什么。你需要延期付款吗？"许久没有出声的英国人对着疲惫的莫莱尔说。

"先生！这可以拯救我的名誉和生命。"

"你需要延期多久？"

"两个月。"莫莱尔思考了一会儿。

"我愿意为您延期三个月。那么九月五日十一点我再来拜访您。"英国人起身准备离开，在债务单上把日期修改完后就告辞了。他出门后，便碰到了老水手庇尼龙。

"跟我来，我要和你谈谈。"茫然的庇尼龙跟着英国人离开了。

他们走后，那些曾经在"埃及王"号上工作的水手们似乎都找到了新的工作，全都离开了马赛。

三个月的时间对于处境困难的莫莱尔公司来说，其实只是将破产的时间延后了三个月而已。三个月的时间，莫莱尔先生已经想尽各种办法，不断地努力去拜访各个地方，只是为了挽救公司。但这些都是徒劳，没有人愿意出钱给一个就要破产的人。在最后，他不得不抱着最后的希望，到巴黎去找一个富翁——邓格拉司。莫莱尔先生以为这个人会帮他一把，但他却被狠狠地拒绝了。曾经的恩情已经被忘恩负义的邓格拉司完全忘记了，莫莱尔先生只好愤怒地返回了马赛。

还款的期限就要到了，全家人在这时候最担心的就是莫莱尔先生。他一直是最注重名誉和信用的人，但是到期无法付清债务这个悲惨的事实，不知道会让他做出什么事情。所以这些天，裴丽和她的母亲一直在关注着莫莱尔先生，并且写信给当兵的哥哥玛西米兰，让他赶紧回到家里。

九月五日还是来了，莫莱尔先生查了自己的账簿，将所有的现金数了数。他只有一万四千法郎，可是要还的债务有二十八万七千五百法郎。他疲惫极了，可他还是平静地下楼用了午餐。莫莱尔先生苍白的面孔和时而发抖的身体让他的妻子和女儿害怕极了。裴丽跟在父亲身后，但是莫莱尔发现了她，便转过头说："裴丽，陪着你的妈妈吧。"

"可是爸爸……"

"我要你这样做。"这是莫莱尔第一次对女儿说这句话，语气中充满着慈爱。裴丽一动不动地站在原地，不知道怎么办才好。她只是站在那里，忽然，一只手臂抱住了她。她抬头一望，发出惊喜的喊声："玛西米兰！我的哥哥！"就在裴丽的面前，站着一个二十二岁的年轻骑兵少尉，他穿着笔挺的制服，英姿勃发。

"裴丽，发生了什么事？看到你们的信，我就急忙回来了。"玛西米兰担心地询问。

"母亲会告诉你的，我现在要去告诉父亲，说你回来了！"裴丽冲向楼梯，却看到一个陌生人手里拿着一封信。

"你是裴丽·莫莱尔小姐吗？这有一封您的极为重要的信，快拆开看吧！"陌生人把信交给裴丽后转身走了。

裴丽赶紧拆开了信，上面写着：

请马上去米兰巷十五号，那座房子的看门人会给你六楼房门的钥匙。进去那个房间，壁炉架上有一个用红丝带织成的钱袋。请把它转交给令尊大人。请注意，令尊必须在十一点前拿到这个钱袋。请遵守你的诺言。

水手辛

巴德

裴丽看到这信欢喜地叫了一声，就在三个月前，在那个银行职员临走时，曾经秘密地告诉她，如果有一个叫作辛巴德的水手送信给她，无论有多奇怪，都一定要按照指令去做。她又看了一遍信，发现还有一句附言：

注意，你要亲自完成这个使命，一个人。否则看门人会说他根本不知道这件事。

单纯的姑娘本来欢喜的心有了一丝担心，她不知道自己是不是可以毫无畏惧地去。她找到艾曼纽，告诉了他关于信的全部事情。

"你要去，一定要去，我可以陪你去，在拐角等你。只要你觉得不安我就去接你。这关系着你的父亲。"

裘丽听到这话，坚定地拉着艾曼纽就出门了。

此刻，玛西米兰听完母亲讲述的一切后，赶忙到了父亲的办公室。莫莱尔一看到自己的儿子，发出了一声惊叫。玛西米兰扑向父亲，抱住了他，突然缩回了身体。

"爸爸！你的衣服里为什么装着一把手枪？"玛西米兰吓坏了。

"玛西米兰，你是男子汉，你是爱名誉的男子汉，过来，我解释给你听。"莫莱尔看着自己的儿子说，然后放下了手枪，用手指了指一本打开的账簿。

玛西米兰看着这巨大的债务，越来越绝望。莫莱尔没有说一个字，在这事实面前，什么都不需要解释了。

"父亲，已经没有办法了吗，半小时后，我们的名誉就要受损了吗？"玛西米兰用低沉的声音说着。

"是的，只有死可以洗刷耻辱。"

"你是对的，父亲，我明白了。那么也给我一支手枪！"说着他伸手就去拿手枪。

"不！"莫莱尔拉住儿子的手，"你还能大有作为，你要承担这个家族的责任，你还要照顾你的妹妹和母亲。你是冷静坚强的，请你仔细判断一下。如果我活着，那么我就是一个不信守诺言的人，但是如果我死了，那么我就是诚实不幸的人。我不要活着接受人们的怀疑和讽刺，我要用死亡换取名誉，这样你们也可以昂起头做人。"

　　玛西米兰哭得泣不成声，两颗高尚的心紧紧地连在一起，玛西米兰抱紧父亲："爸爸，你是我最尊敬的人。我明白了。"

　　十一点的钟声就要敲响，莫莱尔已经把枪口对准了自己，就在这生死离别的时候，楼梯上传来了一阵急促的脚步声。裘丽冲进房间大喊一声："爸爸！"莫莱尔手中的枪掉在地上。

　　"得救了！我们得救了！爸爸！看啊！快看啊！"裘丽将钱袋高举着，奔向了自己的父亲。

　　莫莱尔接过钱袋，吃了一惊，他朦胧地记得这个钱袋是属于自己的。钱袋的一端连着的是一张银行签发的收据，上面正好是签收了二十八万七千五百法郎。另一端系着一颗像榛子一般大的钻石，附带一张字条写着：裘丽的嫁妆。

　　就在这时，钟声连着敲响了十一下，每一下都像直接敲打着莫莱尔的心脏。"快告诉我，孩子，这是怎么回事。"

裘丽把收到的信交给父亲说："艾曼纽陪我去的，但是奇怪的是，回来时他却不在拐角等我了。"

"'埃及王'号！'埃及王'号进港了！莫莱尔先生！"艾曼纽的声音响了起来，随后他神采飞扬的脸出现在门口。

"什么！你疯了吗？'埃及王'号？"莫莱尔先生已经无法再接受一个闻所未闻的奇迹了。

于是，大家走了出去，一起赶到了码头。一路上，人们都在惊讶地叫着："'埃及王'号回来了！"

这是真的！就在马赛的港口，有一艘巨大的帆船满载着货物。它和沉没的"埃及王"号简直一模一样，而"埃及王"号上的原班人马就在甲板上收着帆。这是事实！所有的市民都一起见证着，不用再怀疑了！

莫莱尔一家紧紧地拥抱在一起，所有市民都在欢呼雀跃着。远处，一个留着黑胡须的男人躲在一角，静静地看着这一切，轻轻地说着："尽情快乐吧，高贵的心啊！上帝祝福您所做的所有善事，就让我的感恩与您的恩惠都沉浸在这快乐中吧！"这个人微笑着擦去眼中的泪花，离开了这个地方，登上了一艘华丽的游艇。

"那么永别了，仁慈！永别了，感激！我已经报答了善良的人们，现在复仇之神命我去惩罚那些恶人！"说着，这个人走出欢乐的人群，驾着游艇离开了。

第二十章 奇遇

　　阿尔培和弗兰士，这两个巴黎上流社会的青年来到了意大利。这时的罗马正在举行盛大的狂欢节，这可是吸引来了世界各地的游客们。两个年轻的贵族在异国他乡尽情地享受着轻松愉快的气氛，做着各种各样的探险。这一次意大利之行对两个年轻人来说，会遇到什么不可思议的事情呢？

　　一八三八年初，意大利罗马举行着一年一度的狂欢节。这吸引来了世界各地的游客，热闹非凡。阿尔培·马瑟夫子爵和弗兰士·伊辟楠男爵是两位年轻的青年，当然不会错过如此盛大的庆典。这两个好朋友都是巴黎上流社会的贵族，相约一起去罗马。阿尔培就是弗南的儿子，但是他可不同于他的父亲，他有着正直的心和开朗的性格。为了更好地利用时间，阿尔培动身先去那不勒斯游玩，弗兰士则暂时留在了佛罗伦萨。

　　一天傍晚，弗兰士突然想到去打猎，于是在别人的建议下，租了一艘小船。因为船长的建议，他最后决定去一个绝妙的地方打猎，那就是无人居住的基督山小岛。

　　当他们逐渐接近这个岛的时候，眼前就像是一个庞然大物从深海中冒了出来，这里是海盗和走私贩们的落脚点，实在是太令人害怕了，但弗兰士还是坚决留下。船长不敢逗留便离开了。就在弗兰士打猎打得正高兴时，却被两个海盗抓住了，他被蒙着眼睛带到一个海盗头目的房间里。当弗兰士眼前的蒙布被摘下后，他发现自己竟然在一个豪华的宫殿之中。就在这荒凉的岛上居然有这种地方，这真是太让人觉得不可思议了。

　　弗兰士的面前站着一个四十岁左右的男人，他打扮得十分华丽气派。虽然他的脸苍白得就像死人，但是长得实在漂亮。一双眼睛好像会闪光，似乎能看透一切，鼻梁笔直，牙齿也白得像珍珠一样，整整齐齐。那位主人看到弗兰士后，用优美的法语向他道歉，说蒙住眼睛是为了不泄露地址。

　　"您知道，如果两个人在一起面对面，但是不知道对

方的名字，会是很不舒服的。我绝不是问您的大名，只是
请您随便给我一个我可以称呼您的名字。而我自己，您
可以知道大家都叫我'水手辛巴德'。"主人首先开口
说道。

"那么您可以叫我阿拉丁，因为只要我还有一盏神
灯，那么我就真的是阿拉丁了。"

水手辛巴德做了个手势，说明已经为弗兰士准备了
丰盛的晚餐款待他。弗兰士被带入了饭厅，他看着餐桌上
满满的山珍海味惊呆了。他揉了揉眼睛，一切还在，他很
难相信这一切不是梦。在两人的交谈中，弗兰士发现眼前
的水手辛巴德简直是无所不知。他博学智慧，而且举止高
贵，是一个奇人。晚饭之后，主人给弗兰士吃了一种神秘
的东方药物，那种药物让弗兰士就像在幻境里一样，沉醉在
自己的梦里。晚上，他在一张华丽的大床上美美地睡去。

第二天，当弗兰士醒来，他发现眼前的一切就像是
梦的延续一样。因为，他发现自己只是躺在了干草铺成的
床上，而那华丽的宫殿也不见踪影。一切就像从来没发生
过，消失了一样。他举着火把在岛上一处一处地寻找，但
是除了秃秃的岩石，什么都没有找到。他只好离开了基督
山岛，到了罗马和阿尔培相聚。

当他见到阿尔培，便兴致波波地向他讲述自己在基督

山岛发生的一切。阿尔培可没有那么激动，因为他觉得这就是《天方夜谭》的故事，根本不相信。他只是想赶紧找辆马车去狂欢一把。狂欢节第一个需要的就是六匹马的马车，可是不管他们出多高的价钱，都租不到马车了，因为罗马的游客已经把马车全都租光了。

旅馆老板看着两个年轻人愁眉苦脸，就说："狂欢节那几天真的是一辆马车都没有，但是现在还没到狂欢节，所以您要多少马车就会有多少。"

这下可难坏了两个年轻人。阿尔培说："那么，我的朋友，就让我们享受当下吧，将来的事，先不要考虑了。"于是两个人决定现在就租辆马车，好好逛一逛罗马。

当旅馆老板知道他们决定晚上八点去斗兽场玩时，立刻说："您晚上可不能走那条路啊！太危险了！"

"为什么？"

"那个鼎鼎有名的强盗罗杰·范巴已经来到罗马了！他专门在晚上绑架那些夜游的有钱人，然后逼迫他们的亲友在规定时间交出赎金，否则后果不堪设想啊！"

"我可要警告你，老板，您说的话我一个字都不信。他在罗马也许有名，但是巴黎可没有人知道他。"阿尔培激动地说。

"什么！你们不知道他？"老板转向弗兰士，因为他认为弗兰士还是理智的，"如果你们以为我在撒谎，那我什么都不说了。但是我真的是怕你们出事。这个罗杰·范巴杀人从不眨眼，是连政府都不敢小视的人，实在是毫无办法。但是他只听水手辛巴德的话。"

这下，老板的话终于引起了两个人的注意，他们面面相觑。

老板继续说："这个罗杰·范巴在没做强盗之前就认识了水手辛巴德，而且被他帮助了许多次。辛巴德的势力真的很大，无论是强盗、走私贩还是各国的王室以及贵族，都很听他的话。"

阿尔培大笑道："又是这个神通广大的人！这个老板编的故事和你的故事一样不值得相信。"

弗兰士听后却不再说话，思考了很久。

第二天，狂欢终于开始了。鞭炮声、欢呼声塞满了街道。人们有的打扮得稀奇古怪，有的打扮得华丽缤纷，大家都乘坐着马车在街上来来往往。街旁的所有窗口都被看热闹的人们挤得密不透风，一切都热闹极了。

屋外是热闹的世界，旅馆内却有着两个愁眉苦脸的年轻人。他们两个没有租到狂欢节的窗口，更没有租到马车。正在这时，门被敲开了。老板兴奋地走了进来。

"先生们，你们真是太幸运了。基督山伯爵就和你们住在一层。当他听说你们的情况后，愿意送给你们一辆马车，并且还愿意在他的窗口留给你们两个位置。"

这简直太神奇了，再也没有比这更好的礼物了。两个年轻人兴奋极了，立刻让老板带路，准备去感谢基督山伯爵。

门铃响了，基督山伯爵亲自打开了门，弗兰士这下可吓得不轻。这个人，这个基督山伯爵，就是他在基督山岛看到的神秘主人——水手辛巴德啊！

但是这位基督山伯爵表现出的却好像是初次见面一样。弗兰士不知该怎么办才好，只好决定不提那段经历，以后再告诉阿尔培，那肯定会让他大吃一惊。两个人真诚地向伯爵表达了谢意，得到了伯爵友好的款待后，就赶忙装扮起来，驾着马车加入了狂欢的人群。

狂欢节是疯狂的，一转眼，四天的狂欢节就要结束了。突然，钟声响起，罗马所有的灯光都熄灭了，罗马城一片漆黑，这是狂欢节结束的信号。最后一天晚上，阿尔培和弗兰士并不在一起，弗兰士在这一天去拜访了一位熟识的朋友，而阿尔培独自参加了狂欢。

夜深了，弗兰士好不容易摸着黑回到了旅馆，却发现阿尔培还没有回来，不免有些担心。他等了很久，等来的却是旅馆老板。老板慌忙跑进屋，把一封信颤抖地交给弗兰士。弗兰士漫不经心地打开信，借着蜡烛的灯光看，可是没想到这是阿尔培写的，上面写着：

> 亲爱的朋友，当你收到这封信时，麻烦你到我的钱包里拿出我的钱（钱包就在写字台的抽屉里）。如果钱不够，那么请把你的也加上。我急需这笔钱，不能延迟。不多说了，我信任你，就像你信任我一样。
>
> 你的朋友
>
> 阿尔培·马瑟夫

在这下面还有几句意大利文：

> 如果这些钱明早六点钟还没有到我的手里，那么阿尔培·马瑟夫子爵就不会活到七点钟。
>
> 罗杰·范巴

弗兰士看到第二个签名，一切就全清楚了，阿尔培一定是落到那个大强盗手里了。这下，可急坏了弗兰士，已经不能再浪费时间了。他匆忙打开抽屉找到阿尔培的钱包，可是就算加上自己的钱还是不够。情急之中，弗兰士第一个想到的就是基督山伯爵。

于是他跑到伯爵的房间门口，敲响了房门。伯爵还是从容地接待了他。弗兰士上气不接下气地把信交给伯爵。

　　伯爵走到写字台前，拉开装满金币的抽屉，让弗兰士随便拿。

　　"看来，我们一定要把钱送给强盗了，对吗？"弗兰士目光炯炯地看着伯爵。

　　"你自己判断，我想那强盗的话说得很明白了。"

　　"可是，如果您能陪我一起去找罗杰·范巴，我相信他不会拒绝您的要求，那么就能放了阿尔培了。"

　　"我怎么会有力量去让强盗说放人就放人呢？"

　　"因为我知道您曾经帮过他的忙，他一定听从您的话。"

　　"你怎么知道？"

　　"我知道就是了。"

　　伯爵想了很久，恢复了从容说："好吧，就这么办。今天的夜晚这么美，我当然不介意去散散步。"

　　伯爵和弗兰士跟着送信来的强盗同伙上了马车，向城外飞奔而去。大约过了一个多小时，马车停在了一个墓穴前。两个人跟着负责戒备的强盗走进了那个大洞穴。洞穴里坐着一个人正在看书，他背向着来人，所以不知道有人来了，这个人就是首领罗杰·范巴。他的周围有二十多个强盗，都拿着枪。哨兵通报了首领有人来，范巴威严地转过头，看到了基督山伯爵，高兴极了，恭恭敬敬地脱下帽子。

"伯爵您怎么来了？"

"你违背了约定。"

"伯爵，我做了什么？"范巴露出了惊恐的表情。

"我们有约在先，不仅是我，我的朋友你也应该尊敬，但是我的朋友阿尔培今天却被你绑架到了这里。"

强盗范巴听后愤怒极了，对身边的部下喊道："你们怎么没有弄清楚就抓人！我们怎么能向伯爵食言！"

强盗领着伯爵和弗兰士走到洞穴的深处。在那里，阿尔培正在一个角落，裹着一个外套睡觉呢。

伯爵看到后笑着说："明天早上七点就要被枪毙的人，大睡一觉是不错的选择啊。"

罗杰·范巴也用钦佩的目光看着勇敢的阿尔培。

第二十一章　拜访

在意大利的奇遇让弗兰士和阿尔培与基督山伯爵结下了深厚的友谊。为了回报伯爵的救命之恩，阿尔培热情地邀请伯爵去巴黎，到自己家里做客。伯爵礼貌地答应了青年的请求，这位神秘的伯爵真的会去巴黎吗？他到了巴黎，会发生什么样的故事呢？

在巴黎，有这样一条十分安静的街道，这条街的十七号，是一座高大华丽的房子。在这里住着马瑟夫伯爵一家。只要看他的房子就知道，这位伯爵有着多么高的社会地位。在这个房子的客厅里，三位年轻的绅士正聚在一起谈论着，其中一个就是阿尔培子爵，另一个是内政部长的秘书狄布雷，还有一个是新闻记者波香，这两位都是阿尔培的朋友。

这时，仆人上前通报阿尔培，说勒诺男爵带着一位名叫玛西米兰的先生来拜访。这个消息引起了阿尔培的疑惑。"玛西米兰是谁？"紧接着，两位先生走进了房间。

"阿尔培，请允许我向你介绍这位玛西米兰先生。他是我的好朋友，更是我的救命恩人，他是如此的高尚。"勒诺男爵激动地介绍着身边的青年。这位身着骑兵上尉制服，胸前挂满勋章的年轻人恭敬地对所有人行了礼。先生们疑惑地看着这位谦卑的青年，听着勒诺男爵讲述着事情的缘由。原来，勒诺男爵在非洲时，不幸受到了阿拉伯人的攻击。就在千钧一发的时刻，是玛西米兰勇敢地将男爵救下。听到这里，没有人再用疑惑的眼神看玛西米兰了，相反，眼神中都充满着敬佩的目光。

已经到了午饭时间，阿尔培对大家说："你们已经看到勒诺男爵的救命恩人。那么请大家再等待五分钟，因为我的救命恩人就要来了。"阿尔培骄傲地为好奇的大家细细诉说着那位神秘的基督山伯爵。

正在大家把阿尔培对基督山伯爵的赞美当玩笑时，仆人进屋通报："基督山伯爵到了。"

大家一齐看向大门，基督山伯爵款款走进屋内。他的面容还是依旧苍白，他的装扮依旧整齐华丽，他的高贵与从容让大家立刻相信了阿尔培的话，甚至觉得阿尔培的赞美都不足以描述伯爵的风范。阿尔培将四位朋友一一介绍给了伯爵，伯爵微笑着与大家一一握手。当介绍到玛西米兰的时候，伯爵苍白的脸上泛起了一丝血色，眼睛不禁亮了起来。

客厅里的所有先生们互相介绍完自己后，就转进了餐厅。席间，基督山伯爵成为了大家关注的中心。伯爵面对这些巴黎上流的青年贵族，展现出了令人赞叹的博学与内涵。他随身不起眼的小物件都是被精细地雕琢过的，每一件都是价值连城，让这些平时挥金如土的青年也惊叹不已。

饭后，狄布雷、波香、勒诺和玛西米兰带着各自的心事纷纷告辞了，只剩下伯爵和阿尔培两个人了。基督山伯爵的到来让阿尔培一直处在兴奋的情绪里，他一直觉得自己没有好好感谢伯爵的救命之恩。所以，他一定要抓住这个机会表达自己的感激之情。

"伯爵先生，请允许我带您去见我的父亲和母亲，我把您的事迹告诉他们后，他们一直想亲自向您表达谢意。"

伯爵怔了一下，他虽然已经想到了会见阿尔培的父母，但心里还是无法平静。阿尔培的父亲就是那个弗南，

现在已经是马瑟夫伯爵了。阿尔培的母亲就是自己二十多
年没见的未婚妻美茜蒂丝啊！但他还是努力让自己镇定下
来。不久，马瑟夫伯爵进来了，一身陆军中将的制服，他
只有四十多岁，但是两鬓的白发和脸上的一条条皱纹让他
看起来有些苍老。

"您就是基督山伯爵吧，欢迎您的到来，我听阿尔培
说了您的英雄事迹，真的不知道如何感谢您，才能表达我
内心的感激。"马瑟夫看着基督山伯爵，有礼貌地微笑。

"您不用客气，很荣幸见到您。"伯爵彬彬有礼地回
答着。

"本来还想和您多互相认识一下的，可是太不巧了，
我还有公事在身，得先告辞了。再次感谢您！"说着，马
瑟夫欠了欠身，正在这时，伯爵身后的门再次打开。

"啊！母亲来了！"阿尔培喊了出来。

基督山伯爵猛地回过头，看到了伯爵夫人苍白着脸站
在门口。

看到眼前的人回过头，伯爵夫人身子一颤，退了一
步。她认出了他，她知道他是邓蒂斯，但是她明白自己不
能表现出来，所以使劲压抑着自己的心情，高雅地向前走
去，优雅地行了礼。

"感谢您的恩情，上帝一定会保佑您的，见到您真是

我的荣幸。"

基督山伯爵的心情同样无法平静，他慌乱极了，面对优雅的伯爵夫人，立刻鞠躬。

"您和伯爵实在是太客气了，我只是做了我应该做的。您这样的行礼，我实在是无法承受啊。"

"哦，会议就要开始了，我真的得先告辞了。"马瑟夫着急地说。

"你去吧，我来招待伯爵先生。"伯爵夫人微笑着说。

马瑟夫挺起胸膛离开了。基督山伯爵此时已经心满意足了，他看到了美茜蒂丝，就足够了。

"谢谢夫人，但是我也该离开了，感谢您的款待。"

阿尔培和伯爵夫人的挽留，还是无法打消伯爵离开的念头，他还是离开了，因为他还有事要做。

第二十二章　贷款

　　在巴黎的上流社会，基督山伯爵几乎成了所有人谈论的对象。虽然他刚刚出现在这里，但是他的神秘高贵、他的魅力已经让所有人惊叹，大家都想一睹他的风采。因为一份贷款通知，让邓格拉司男爵和基督山伯爵之间产生了联系，他们之间会发生什么事情呢？

　　基督山伯爵回到了住所，这个地方是他的仆人阿里为他选购的。这栋豪华的房子就在香榭丽舍大道。过了一段时间，巴黎的整个上流社会都在讨论着一个富可敌国并且又雄姿英发的贵族，他就是基督山伯爵。在那个时候许多贵族的头衔都是用钱买的，所以没有人去打听基督山伯爵到底是怎样的人物。巴黎的上流社会都赞颂他是那样的充满魅力和神秘高贵，每一个人都想去结识他，并且只要是谈论他都觉得是荣幸的。就像是邓格拉司这样的男爵，现在也是格外激动，决定去见识一下这位神秘的贵族。

下午两点钟，一辆由一对健壮的马匹拉着的车，停在了基督山伯爵家的门口。邓格拉司从车门里探出了半个身子，命令他的车夫去询问基督山伯爵是不是住在这里。邓格拉司穿着一身精心打扮过的衣服，而这身装扮却和他布满皱纹的脸极不相称。他分明已经超过五十岁，却还是刻意把自己打扮得似乎没有超过四十岁一样。就在他等着车夫回来的时候，他细密地观察着整个房子，这已经有些失礼了。他有着敏锐的目光，但是这不是聪明的目光，而是透着一种奸诈。

车夫遵从他的吩咐，敲响了门房的窗子。

"大人今天不见客。"

"那请收下我主人的名片吧，他是邓格拉司男爵阁下！请一定把名片交给伯爵先生，还请转告他，我主人可是专门绕道来拜访他的。"说着递出了名片。

"我是不被允许和伯爵大人说话的，您的意思我会让贴身跟班转达到的。"

车夫碰了一鼻子灰，回到了马车旁，把经过一字不落地传达给他的主人。

"哼！看来这位先生是一位亲王了，除了跟班没人可以靠近他。但没关系，我接到一封他的贷款通知，这得由我支付，我必须得看见他。"邓格拉司傲慢地向座位上一靠，扯着嗓门向车夫喊："去众议院！"他真是巴不得所有人都能听出他是多么的神通广大。

邓格拉司男爵的这一串表现，其实已经被基督山伯爵看在眼里。当他接到男爵拜访的通报后，就从百叶窗里用看戏剧的望远镜把邓格拉司研究了一遍。他观察得比邓格拉司观察他的房屋更加细致。"他真的很丑陋啊。"伯爵用极其厌恶的口气说，"前额平坦却突着，像蛇一样，头颅那么圆，像秃鹰一样，鼻子还是鹰钩鼻，这样的面容怎么看都招人厌恶。"

伯爵招来了管家伯都西奥："你看到刚才门口的那两匹马了吗？"

"是的，大人，它们非常俊美。"

基督山伯爵皱紧眉头："我要你买巴黎最好的马，可是那两匹居然比我的马漂亮，这怎么回事？！"

"那是因为那两匹马属于邓格拉司先生，他是不卖的。"

"只要肯出钱，是可以买到的，他是银行家，给他两倍或者更多的钱，他一定会答应的。我今天晚上要出去，晚上五点，那两匹马必须套在我的车上等着我出门。"伯爵神情不悦地发布着命令。

到了晚上五点，伯爵果然看到那两匹本来在邓格拉司马车上的马，已经配在了自己的车上。他微笑着上了马车，对跟班说："到邓格拉司男爵的府上。"

这时邓格拉司正在家里召开会议，当仆人通报基督山伯爵来拜访的时候，会议正巧要结束了。

"诸位请原谅我必须要先离开，可是你们不会想到，罗马的汤姆生·弗伦奇银行介绍给我一位叫基督山伯爵的人，他们居然委托我给这个伯爵开无限贷款。这样的事我可真是头一次听说，简直是太滑稽了。今天早上我去拜访过他，可是居然得到他不会客的答复！他居然如此狂妄。不管他多有钱，无限贷款绝对是他的骗局，可是他不知道他的对手是我，看谁笑到最后！"这一段高傲的话讲完，简直让男爵差点喘不上来气，这也让他发泄了中午在伯爵家门口受的气。

邓格拉司走到一间金白亮色装饰的客厅，这间客厅在那一带非常有名，他想用这华丽的装潢压倒对方。他到那里时，基督山伯爵已经在那里等着了。他对着伯爵微微点了点头，指了一下椅子，示意对方就座。

"幸会，我想，你就是基督山先生了吧？"

基督山伯爵礼貌地回了礼。"您就是荣誉爵士和众议院的议员邓格拉司男爵了吧？"基督山把邓格拉司给他的那张名片上的头衔都背了出来。他的话里充满了讽刺，狡诈的邓格拉司当然听得出来。

"希望您原谅刚才我没有称呼您的头衔，现在我们的政府是平民化的，我又是平民利益的代表，所以，请您原谅。"

基督山伯爵知道邓格拉司听出了他讽刺的语气，但是却误会了他的意思。"原来是这样，您自己保留了男爵的头衔，但是却在称呼对方时免除头衔。"

邓格拉司尽量装着一脸不在乎，咬了咬他单薄的嘴唇。他清楚自己在争辩中不是基督山伯爵的对手，于是转移了话题。

"伯爵阁下，我收到了汤姆生·弗伦奇银行的一份通知，信中说让我授权您在我们银行无限贷款。"

"是的。"伯爵微笑着回答。

"但其实我没有看懂，请您解释一下。"

"这么简单的事实，有什么好解释的呢？男爵阁下。"

"可是这个'无限'是什么意思？这封信的可靠性，我真的很是怀疑。"

"难道汤姆生·弗伦奇银行已经被人认为是不可靠的

银行了吗？"

"不是的，它是信誉最好的银行，但是'无限'这两个字实在是……"

"您的意思是没有限制是吗？我可不可以这样理解，汤姆生·弗伦奇银行的业务是无限的，而你，邓格拉司先生却是有限的。"基督山神气地说。

"阁下，至今为止还没有人问过我的资金和业务范围呢！"

"那么，就要由我第一个发问了。"

邓格拉司又咬住了自己的嘴唇，这是他第二次被面前的这个人打败了。他的态度表面看虽然客气，但是却是满脸的嘲弄。基督山伯爵一直保持着世界上最高贵文雅的微笑，展露出直率的神情，使他可以畅所欲言地表达自己的态度。

"好吧，我会努力让自己明白'无限'这两个字的含义，请你告诉我准备从我这里贷款多少。"邓格拉司沉默了一会儿说，他想这回终于该轮到自己占上风了。

"我要无限贷款就是因为我不知道要用多少钱。"

"请你别犹豫，只管提出您的要求，邓格拉司银行无论资金多么有限，都可以应付数额巨大的贷款的。就算您要一百万。"邓格拉司带着傲慢的表情。

　　"什么？我没有听错吧，我怎么会为了这么点钱来做贷款？我拿它有什么用？我的皮夹里随身都带着一百万啊。"基督山边说边从口袋中摸出一百万的票据。这下邓格拉司又被打了当头一棒，头晕目眩起来。

　　这场战争结束了，邓格拉司被彻底打败了。伯爵将两封从德国和英国带来的信交给他，他颤抖着打开信。"天啊，阁下。加上刚才那封信，三个银行的无限贷款委托书！这三封信的签名就值好几千万啊。"他赶忙站起身来，向面前这位活财神表达敬意。"原谅我，我虽然已经不怀疑了，但我还是很惊奇。"

　　"您这样的银行家不应该这么容易就觉得惊奇吧。那么我可以从你这里贷款了？"

　　"您说吧，我听您的吩咐。"

　　"那么这是第一年，嗯，六百万吧。明天请先给我五十万法郎。"

　　"六百万！"听到这么大的数目，真是让邓格拉司倒抽一口凉气。"您的钱一定会在明早送到您的家里。"邓格拉司毕恭毕敬地回答，面对眼前的伯爵，邓格拉司选择缓和一下气氛。

　　"如果您不介意，我想将您介绍给邓格拉司男爵夫人。您这样的人物，一定会受到款待的。"看到基督山伯爵表示愿意接受，邓格拉司立刻为伯爵带路。

伯爵跟着男爵走过许多房间，它们都被装饰得极为奢华，但是却不免有些庸俗，最后，两人终于到了男爵夫人的会客室。

这是一个八角形的小房间，也是唯一有点风味的房间了。当他们走进时，男爵夫人正坐在一架做工精细的钢琴前，她早已经听说了神秘的基督山伯爵，心里早就想见见这个传说中的大人物。

"男爵夫人，请允许我介绍基督山伯爵给您，我只用说一件事就足以让全巴黎的妇女都想认识他。那就是他准备在巴黎一年的时间里花掉六百万。也就是说他会举行很多次的舞会和宴会。相信伯爵一定不会忘记我们，就像我们在宴会时绝不会忘记他一样。"邓格拉司的介绍虽然俗不可耐，但是却让邓格拉司夫人对这个大方的伯爵感兴趣地看了许久。

"您是第一次到巴黎对吗？可是您选的时间真是不巧，这个时候的巴黎没有舞会、宴会，而歌剧团也远在伦敦。我们现在的娱乐仅仅是去跑马场赛马了。您准备出多少匹马呢？伯爵阁下？"

正说到这时，男爵夫人的女仆匆忙来到女主人的身边，低着声音说了些什么。男爵夫人的脸色刷白，大声喊着："不！这不可能！绝不！"她立刻转身问自己的丈夫："你！你真的把我的马卖了吗？"

"夫人请息怒，听我解释。那两匹马对您来说真的是太危险了，它们还不满四岁，会让您受伤的。"

"你最清楚，我上个月雇用了巴黎最好的车夫，难道你把他也一起卖了？"男爵夫人气得声音都颤抖了。

"我答应一定给你买两匹更漂亮的马，绝对比那两匹安全。"邓格拉司假装自己没有看到妻子轻蔑的眼神，继续对基督山伯爵说："我很遗憾您为什么没有早点来巴黎，因为那样，我就会把那两匹马卖给您。您知道，我几乎是用原价给卖掉的，但是它们应该配给您这样英俊的年轻人用才好。"

"感谢您的好意，但正巧我在早晨买了一对出色的马，它们非常好，而且并不贵，就停在那里。"

大家顺着伯爵的目光向窗外看去。邓格拉司走到妻子身边说："在外人面前，我不方便告诉你我的理由。早上有人出高价找我买那两匹马，他出那么高的价钱，真的是一个大傻瓜，大概是怕自己不能倾家荡产吧。你猜怎么样？我从这笔生意上赚了一万六千法郎！别生气了，我把这笔钱分给你，随你怎么花还不行？"男爵夫人瞟了一眼邓格拉司，但是眼神中少了一些严厉。

当他们结束这段悄悄话，一同向窗外望去时，不觉惊呆了。

"天啊！我的马！看它们的灰色斑纹！是我的马！"邓格拉司夫人惊叫了许久，直直地看着窗外。而邓格拉司此时已经预感到夫妻二人会有一场吵闹发生。男爵夫人转过身，气势汹汹，眉头紧锁，暴风雨就要来了。

基督山伯爵看到这个情形，知道目的已经达到，便礼貌地告辞了，留下邓格拉司独自承受妻子的怒火。

两个小时过去了，邓格拉司夫人收到了一封让人心动的信。这封信正是基督山伯爵写来的。信中诉说了，伯爵不愿意刚进入巴黎就让一位可爱的女人伤心，所以将两匹马送了回来，在两匹马的头上都戴了鲜艳的玫瑰花饰品，并且还在上面镶嵌了一颗颗的钻石。这样的用心让男爵夫人心中不自觉地温暖起来。

第二十三章　搭救

　　一驾马车经过基督山伯爵的家门口，突然拉车的马野性大发，拼命向前冲。马车上的一个少妇和一个小孩吓得魂飞魄散。就在这惊险的一刻，伯爵的仆人阿里用绳索套住了疯狂的马的前蹄，终于制止了悲剧发生，救出了车里的两个人。这两个人就是维尔福的妻子和孩子。这一切是偶然的吗？

　　基督山伯爵的身边，一直有一个叫作阿里的黑奴跟随着他。他虽然是个哑巴，但是却明白伯爵的一言一行，他单纯善良，对伯爵毕恭毕敬。伯爵从男爵家回来不久，就把阿里唤到身边亲切地问："我以前听说你很擅长套马，对吗？"

阿里听后，骄傲地将身子挺得直直的，作为肯定。

"很好，那么你能套住一头牛？"

阿里做了肯定的手势。

"那么一只狮子呢？"阿里轻松地做了一个扔出套索的动作，还模仿了绳子勒紧的声音。

"非常好！那么两匹疯狂奔跑的马呢？"

阿里笑了。

"太好了，阿里。不久，会有一辆马车冲过这里，是两匹有着灰色斑纹的马，就是前些天停在这里的那一对。你要答应我你会不惜生命把那两匹马拉住。"看着阿里坚定的面孔，伯爵轻轻拍了拍阿里的背。他一直使用这个特殊的方法称赞阿里。

阿里很喜欢这项任务，他十分镇定地走到了房子与街道连着的拐角，然后找到一块石头坐了下来，抽起了长筒烟。基督山伯爵这时已经安心地回到了屋内。

当时间快到五点时，一辆由两匹灰色斑纹马拉着的马车出现在阿里的视野里。不知怎的，这两匹马突然野性大发，拼命冲了起来。车夫吓坏了，尽了全力要制止它们，但是一切已经是徒劳了。就在马车里，有一位年轻的夫人和一个年幼的孩子，他们已经吓得发不出任何喊叫，只是紧紧地抱在一起，等待着奇迹发生。这辆马车飞奔着，随时都有翻车的危险，只要是看到它的人都吓得喊起来。阿里看到这里，放下了长筒烟，从口袋里迅速抽出绳索，看准了时机，巧妙地抛出。那绳索及时地套住了离自己比较近的一匹马的前蹄。勇敢的阿里被疯狂的马拖在地上，还是忍着痛，就在这段时间，绳索不断收紧，终于把疯马的两脚拴得紧紧的，使它再也无法奔跑了。这时，基督山伯爵带着几个仆人冲出了屋子，来到了事发地点，帮忙把年轻的夫人和她的孩子救了出来。基督山把两人抱进了客厅，安抚他们说："放心吧，危险都已经过去了。"那个女人听到这句话，渐渐地睁开了眼睛，看着自己昏迷不醒的孩子，然后用恳求的目光看向伯爵。

"我明白了，夫人。"伯爵仔细地将那个可怜的孩子检查了一遍，说道："夫人，我保证您不用担心，您的宝贝没有受任何的伤，很快就会好的。"

"您看他的脸多么惨白，怎么能是没事呢？我的孩子！我亲爱的爱德华！说话啊！"这位焦急的母亲使劲呼唤着自己的孩子，"先生请您快帮我找一位医生吧！"

基督山伯爵看着这位母亲惊恐的样子，示意她不用担心，随后打开了旁边的一个小箱子，拿出一个装着红色液体的玻璃瓶。他打开了瓶子，把一滴液体滴到那孩子苍白的嘴唇上。这时，脸色苍白的孩子终于睁开了眼睛四处张望着。看到自己的孩子醒来，他身边的母亲高兴得简直要疯掉了。

"我在什么地方？是谁把我们救出来，没有让我们丧生于那场灾难？"夫人激动地询问。

"夫人，您现在就在我的房子里，我很荣幸能把你们救出来。"伯爵礼貌地回答。

"这事都怪我啊！全巴黎都知道邓格拉司夫人的马长得漂亮，就是因为我的好奇心，居然想试一试它们，才酿成了这恐怖的事情。"

"男爵夫人？我认识她。现在我更荣幸让您和您的宝贝脱险了。因为请原谅，这场灾难看来是我不经意间造成的。那两匹马男爵已经卖给了我，但是男爵夫人不是很满意男爵的擅自做主，所以我才把马当作礼物还给了男爵夫人。"

"那么您就是基督山伯爵了！男爵夫人可是说过您的很多事情呢。我是爱笋绮丝·维尔福夫人，您的英雄作为会让维尔福先生万分感激您的。感谢您，如果不是您那位勇敢的仆人及时搭救我们，那么我们不知道会发生什么事情呢！"

伯爵微笑着看着在维尔福夫人怀里的孩子。他的容貌让他看起来十分瘦弱，脸色还是那么苍白，让人感到一种深沉诡秘的感觉。这个孩子醒来的第一件事，就是猛然脱离他的母亲，冲向伯爵的那个救命的箱子。他居然在没有人允许时，就拔开了一个又一个塞子。这是一个任性、乖僻、被人宠坏了的孩子。"别碰它们，孩子！这些药水是十分危险的！"

听到这儿，维尔福夫人立刻严肃起来，紧紧抓住儿子的胳膊，拉回到自己的身边。这时，阿里走进了屋里，维尔福夫人激动地把孩子抱得更紧了，兴奋地对自己的孩子说："爱德华，他就是救下我们的好人！他是那么勇敢，冒着生命危险救了我们！"

那个孩子上下打量了阿里一番，没有表现出一丝感激，相反，他用轻蔑的眼神瞥了一眼阿里说："他太丑了。"

维尔福夫人斥责了她的孩子，但其实没有什么效果，因为她的语气太温柔了。伯爵看着这个情形满意极了，他想：这个孩子可以帮我达成一部分计划。

维尔福夫人回家后，便立即写了信给邓格拉司夫人。这件惊险的挺身相救的事件，无疑成了巴黎街头的话题。

第二天的早上，一位身穿燕尾服，手戴白手套的绅士在香榭丽舍大街三十七号下了马车。这时基督山伯爵正在房间里，靠在一张大桌子上，看着一张地图。仆人上前禀报说："维尔福检察官先生拜访。"

要知道，这个维尔福检察官在巴黎是出了名的保守和严谨。他有着孤傲的神气和一张死气沉沉的面孔。舞会上，他从来没有待过三十分钟，并且总是摆着一副架子，大家因为害怕这位检察官，所以都对他敬而远之。可是正如维尔福夫人说的，他来道谢了。

维尔福检察官用像是走入法庭一样庄重的步伐，走进基督山伯爵的房间。"阁下，"他的腔调就像在和法官演讲一样，"昨天我的妻子和孩子得到了您的帮助，我真心向您表示真诚的感激。"就算是说这样的话，维尔福的口吻还是像在审问犯人一样。

"您实在是客气，可以为一位母亲保护一个孩子，我真的是非常荣幸。有一句话说母子之间的感情是最真挚而神圣的，您的到来也让我内心深感光荣。"伯爵冷冰冰地回答。

维尔福没想到会得到这样的回答，他大吃一惊，感觉伯爵的话像是给了他当头一棒。他轻蔑地撇了一下嘴唇。在他心里，基督山伯爵已经不是一个文明的绅士了。他四处张望，找寻着话题。

"您在研究地理吗？"

"是的。我这样一个被命运支配着的人，不知道哪天就会沦落到哪里，所以要研究一下地理。"

"难道您认为人是受上天支配的？"维尔福摆着架子说。

"是的，比如说，您是一位检察官，您可以支配金钱还有百姓，但是您却对我一无所知。而我可以用金钱来惩恶扬善，这难道不是上天所支配的吗？"伯爵的意思是说，自己总有一天会惩罚维尔福，但是维尔福不会明白这句话的深意。

"我头一次遇见您这样的人。"维尔福惊诧于伯爵的理论。

"这是可以理解的，我就是经常做一些意想不到事情的人。"

眼前的这个人对于维尔福来说要么就是个疯子，要么就是个神学家，维尔福只好先告辞。"再会了，伯爵。虽然我要离开，但是我会记得您的。"

第二十四章　父子

一天，两个奇怪的人拜访了基督山伯爵，表面上看他们是一对失散多年的父子，可是事实上他们却互不认识。这对父子的目的到底是什么呢?

基督山伯爵等维尔福离开后，实在是无法发泄心中的不愉快，便起身去了玛西米兰的家里。在那里，他看到裴丽和艾曼纽已经结为一对幸福的夫妇，玛西米兰依旧那么正直英俊。他们一家人生活得其乐融融，伯爵看到这里感动极了，强压着心中翻腾的情感，礼貌地告别了。当伯爵离开时，莫莱尔一家突然觉得离去的身影是那么熟悉。

一天，两个奇怪的客人拜访了基督山伯爵。先来的那个人是一个五十岁左右的男人，他穿着滑稽的旧军服前来拜访。看到客人进来，伯爵前去笑着对他说："您就是布沙尼长老介绍来的巴多米·卡凡尔康德侯爵吧？"

"对！这是那位长老给我的信。"这位来人匆忙把信递给了伯爵。

信里写着，让卡凡尔康德侯爵前往巴黎找基督山伯爵，在那里与五岁就被人拐走的儿子见面，并且委托伯爵每年给侯爵五万元。

伯爵看完信点了点头。"那么您已经知道了吧，知道他在这里。"

"谁？谁在这儿？"

"您的儿子啊！安德里！"

"对了！对！好极了！"侯爵尽力表现出激动不已。

"那么您稍等一下，您就要和失散多年的儿子见面了，一定不要兴奋过度啊。"伯爵说完后就走到了隔壁的房间，在这里站着一位风度翩翩的年轻人。

看到伯爵进了房间，年轻人立马起身说："您就是基督山伯爵吧，我是安德里·卡凡尔康德子爵。"

"您是不是带了一封信？"

年轻人点着头，便把一封署名为"水手辛巴德"的信交给了伯爵。

信里写着，让卡凡尔康德子爵前往巴黎找基督山伯爵，在那里可以见到自己的父亲，并且说有人会每年给他五万元的交际费。

伯爵一直注视着年轻人平静的脸，不免有些佩服他的从容。于是，这对扮演的父与子，就在伯爵精心的安排下相见了。他们紧紧地拥抱着，两个人的表演几乎像极了真情流露。

又过了一段时间，基督山伯爵匆忙赶到了郊外的一间秘密信号所。这个信号所在山顶上，伯爵只好徒步爬了上去。他在那里用两万五千法郎买通了电报员，并且发出了一组错误的信号。没过多久，这组信号就传到了市里的内政部。一个官员连忙找到了邓格拉司，把电报内容告诉了他。邓格拉司一直与政府官员勾结，通过利用政府的一些秘密情报来买卖债券从而发财。听到这个最新的秘密情报，邓格拉司立马把全部的西班牙债券都抛售了出去。

就在当天晚上，西班牙叛乱的新闻就出现在了报纸上，西班牙债券的价值猛烈跌落。早早就知道这一切的邓格拉司窃笑着。但是就在第二天，宣布西班牙叛乱是虚假的新闻出现在了报纸上，西班牙债券的价值又猛涨了起来。这一折腾，邓格拉司一下子就失去了一百五十多万法郎。

又过了一天，基督山伯爵邀请了所有他在巴黎的朋友，来到自己郊区的另一所房子里参加宴会。除了马瑟夫一家在海边度假没法出席之外，其他人都到场了。卡凡尔康德侯爵身穿一身整齐的军装，并且佩戴了八枚勋章。而他的儿子也穿着一身华丽的衣服，基督山伯爵热情地将这对父子介绍给了所有的客人。

"卡凡尔康德，这可是一个贵族，甚至是皇家的旁支呢。"勒诺对着玛西米兰的耳朵悄悄地说着，邓格拉司却在一旁听见了这句话。"真的那么有钱吗？"

"听说是拥有着数不尽的财产呢！"

这下邓格拉司心里可打起了算盘，前几天巨大的损失让他真的觉得安德里·卡凡尔康德子爵会是一位富有的财产继承人。他打算把自己的女儿嫁给他，然后把他的钱存入自己的银行，这样就能弥补在西班牙债券上的损失了。

到了吃饭的时间了，管家前来清点到场的人数，为了更好地为来宾准备餐位。就在这时，他看到了邓格拉司夫人，叫了出来："是她！她就是那个孕妇！一边散步一边等着。"管家已经惊慌失措。

"等谁？"伯爵轻声问。

"他！"管家指着维尔福说。"他怎么没有死，我的刀就是插在他的背上啊，明明就是。"要不是伯爵用眼光制止了管家的恐慌，当管家看到安德里时，也一定会大喊出来的。

宴会开始了好一阵子，伯爵打破了房间里的安静，说："记得当初我刚进这房子时，我总觉得那么阴森，如果不是我的管家已经买了它，我可是绝对不会要这栋房子的。"

"也许吧。"维尔福挣扎着说。"尤其是这里的二楼有一个很有意思的房间，它看起来那么阴森恐怖，不知能否请大家和我一同去看一下呢？"基督山伯爵说道。

大家都站起身来，可是维尔福和邓格拉司夫人还坐在原地，就像生了根一样。他们面容呆滞地看着对方。

"听到了吗？"邓格拉司夫人的眼神在向维尔福求救。

"我们一定得去。"维尔福也用眼神给了回答。

这个房间表面上看十分平凡无奇，但是因为它一直被保持着原貌，所以一切都是旧式装饰，再加上没有灯，衬托出阴森的气氛。

"哦！太可怕了！"维尔福夫人脸色苍白，她很害怕这样诡异的气氛。

这时邓格拉司夫人已经倒在了旁边的长凳上。"你真大胆啊！万一什么犯罪案件就发生在你这把凳子上呢！"维尔福夫人颤抖着对她说。听到这话，邓格拉司夫人立刻跳了起来。

基督山伯爵继续说："我还曾经幻想过，会不会有一个曾经住在这里的人，在一个暴风雨的夜晚，手里抱着一个尸体从这里一步步走下楼梯，想趁着黑夜把尸体永远埋葬。但是这样的事，上帝知道，别人就真的不会知道了。"

听到这里，邓格拉司夫人已经晕倒在维尔福怀里，维尔福自己也无法支撑自己，扶住了墙。伯爵顺势挽着两个虚弱的人向花园走去，其他的人跟在他们身后。

"其实这里是发生过命案的，就在这里。我本来是想给老树松松土，你们猜怎么样，我们居然挖出了一个木箱子，更确切的是一只包铁皮的箱子，里面是一个出生不久的婴儿尸骨。"基督山伯爵明显感觉到邓格拉司夫人已经僵住了，维尔福开始发抖。

基督山看到身边的这两个人已经无法再忍受他准备的场面，就没有再继续下去。

又过了一天，邓格拉司突然拜访了基督山伯爵，原来邓格拉司的亏损越来越严重，所以他试图将自己的女儿嫁给安德里，所以来向伯爵打听。

"他有多少财产呢？"

"这可不好说。"

"如果卡凡尔康德侯爵愿意自己的儿子在巴黎结婚，

你觉得安德里能分到多少财产呢？"

"难道您要帮他在巴黎找个妻子？侯爵也正有这个意思。难道，是您的女儿？"

第二十五章　海蒂

　　基督山伯爵在巴黎居住时经常带着一个希腊美女，她就是希腊王的女儿海蒂，但是她却是伯爵在土耳其买来的女奴。海蒂的身份引起了阿尔培子爵的好奇心，这个美丽的女子到底有着怎样的故事呢？

　　阿尔培子爵来拜访基督山伯爵，与伯爵一起进屋，那时客厅已经亮起了温暖的灯光。

　　"你给我们煮茶来。"伯爵对他的仆人说。那个仆人转身就走出了客厅，两秒钟的时间，他就回来了。像变魔术一样，一茶盘整整齐齐的食物和茶水已经被他端了进来。

　　看着这一切，阿尔培惊叹地说："亲爱的伯爵，您知道我是崇拜您的。原因并不只是您富可敌国的财富，也不只是您高人一筹的智慧，还有您的仆人侍奉您的表现。您甚至不用多说一句话，他们似乎只需要一秒钟就能够做到您要求的事情，就像是他们能猜到您的需求，随时准备着一切一样。"

"这话您是说对了，他们深知我的习惯。"

"因为他们是您的仆人，所以……这是什么声音？"阿尔培将头偏向了门口。

"是海蒂在弹奏月琴呢。"

"海蒂，多可爱的名字！世界上真的有女人拥有如此可爱的名字吗？"

"当然，这个名字虽然在法国极为少见，但是在有的国家并不是。"

"我们这样谈论她，会让她不高兴吗？"

"不会的，不会。"伯爵露出了十分自豪的表情。

"那她一定很和善了？"

"那是她的本分，一个奴隶不能忤逆主人。"

"您又在开玩笑了，这个时代怎么还会有奴隶。"

"有，海蒂就是我的奴隶。"

"伯爵，您做的一切都是那么不平凡。她就是那个和您一起去剧院看戏的希腊美女，对吗？她不像奴隶，她看起来就像是一位公主。"

"您猜对了。在她的祖国,她是最显赫的公主之一。"

"一位公主怎么会变成奴隶呢?这是秘密吗?"

"对其他人是的,但是对您不一样。您是我的朋友,我相信您不会宣扬出去的,是不是?"

"我发誓!"

"您知道阿里·铁贝林吗?"

"当然,我的父亲就在他的手下侍奉过他。父亲就是在那时获得了一笔遗产,并且以此起家的。"

"海蒂就是阿里·铁贝林的女儿。"

"什么!怎么会变成这样?"阿尔培有一些不敢相信,"我不知道我能不能提出一个鲁莽的要求,您能介绍我见见这位公主吗?"

"可以的,但是我有两个要求。"

"我愿意立刻接受。"

"一是您不能告诉任何人我允许您们见面。二是您不能告诉她,您的父亲曾经侍奉过她的父亲。绝对不能。"

"我发誓!您相信我!"

"我知道您是一位讲信用的人。"于是,伯爵唤来了阿里,吩咐他告诉海蒂,自己要介绍一位朋友给她。"好的,现在,阿尔培,如果您想知道什么事,那您要告诉我,我来问她。"

阿尔培用肯定的眼神回应了伯爵后，整理了自己的仪表，就跟着伯爵进入了房间。

海蒂在她的前厅等候着客人，那里就是她的客厅。她圆圆的大眼睛里满满的都是惊奇和期待。除了基督山伯爵，她从没有接见过别的男人。她的姿态可爱极了，就像一只可人的小鸟窝在自己温暖的巢里一样。阿尔培呆呆地站在门口，他已经被面前这位美若天仙的可爱女人深深迷住了。这是一种无法想象的美。

"您带来的是谁？"海蒂微笑着用希腊语询问道。

"是一个朋友，叫阿尔培子爵。在罗马，我从强盗手里救出来的青年就是他。"基督山伯爵用同样的语言回答着。

"您希望我用什么语言与他交谈呢？"

"您懂得希腊语吗？"基督山问阿尔培。

"对不起，先生，我不懂希腊语。"

"那么，我用法语或者是意大利语吧？您允许吗？"海蒂很轻松地听懂了他们的对话。

"您说意大利语吧。"

"阁下，您是我主人的朋友，那么您就是最受欢迎的了。"海蒂用纯粹而柔软的声音说着。她用她纤细的手指将茶盘放在了两只精致的小桌子上。

"我和她说些什么呢？我想听听她的故事，您说我不能提到我父亲的名字，但是也许她自己说时会提到他。如果我们家的姓氏可以从如此美丽的女士口中说出，那我该多高兴啊。"阿尔培遵守了他的诺言，低声问基督山。

伯爵转头认真地用希腊语对海蒂说："把你父亲的故事说出来吧，但是你不能说两件事，一是出卖你们的人的名字，二是出卖你们的过程。"

"您对她说了些什么？"阿尔培低声问伯爵。

"我告诉她您是我的朋友，不要对您有所隐瞒。"

海蒂听从了伯爵的提醒，讲起了自己的故事："幼年的往事记忆犹新，但是除了很少一些事，我幼年的回忆都是伤心。我四岁的时候，一天晚上，我的母亲突然把我叫醒。我一睁开眼睛，看到的是她哭肿的双眼。看到母亲哭了，我也大声地哭了出来。'别出声，我的好孩子。'母亲用一种悲伤的声音制止了我，然后就抱着我匆忙离开了。在我们的前后，有母亲全部的用人，她们拿着装着金银财宝的箱子，还有二十多个护卫兵。您可以想象那是发生了多么恐怖的事情。"海蒂摇了摇头，因为回忆，她的脸色已经变得苍白。

她继续说着："大家都走出了门，来到了湖边。'快！'一个声音颤抖着，我知道那是父亲的声音。他命令我们赶紧走，就像牧童赶着羊群一样。他是我的父亲啊，他就是土耳其人看到就会发抖的我的父亲！"海蒂高昂着自己的头，骄傲地说。

"父亲把我们赶上了船，那艘船快得就像要飞了起来。我不明白为什么船要行驶得这样快，母亲告诉我这是在逃命，这个答案更让我搞不明白了。因为我的父亲是那样威武，怎么会逃命呢？但是这次我们真的是在逃命了，一切都是因为叛乱，城中的士兵和土耳其的军队私通起来背叛了我的父亲。那时，我的父亲派了一名他极为信任的法国军官去谈判，而我们逃到了父亲为我们准备好的一个避难别墅里，在我们藏身的地窖里有六万只布袋，里面藏着价值两千五百万的金币。还有两百只木桶，里面装着三万磅的火药。

"父亲告诉我们，如果去谈判的军官带回来的是匕首，那么就说明法国皇帝要进攻我们，我们就会点燃火药。如果带回来的是戒指，那么我们就安全了，火绳会被熄灭，火药也绝不会有人去碰。我的父亲是那么相信着那个法国军官，他认为他会是心地高贵、讲义气的。可是……"海蒂说到这里，似乎已经被惨痛的记忆压倒了，她像一朵美丽的花遭到了暴风雨一样垂下了头，伯爵关切心痛地看着她。

　　"过了很久很久，正当大家都在祈祷着一切平安的时候，有一个人走了下来，从微光中，我看到他就是父亲派去的军官。他说：'阿里总督被赦免了，他的性命保住了，并且可以获得财富。'一片欢呼声在耳边响起。母亲甚至把我举过了头顶。但是西里姆是谨慎的，他的任务就是日夜守护着一支枪，那支枪上绑着燃烧的火绳，只要父亲发出讯号，他就会点燃火药，把金钱、我们还有父亲全部毁灭。'请把信物给我看。'西里姆说。他知道自己的责任。那个军官趁着勇敢的西里姆检查信物的时候，踩灭了火绳，突然，门口闯进了五个土耳其士兵，刺倒了西里姆。我们上当了。父亲发出了一阵恐怖的大笑，声音还没停，他就手握着巨大的弯刀与叛徒进行生死的搏斗。他是那么神勇无畏，把接二连三冲下来的土耳其士兵打得溃不成军。但是父亲单薄的力量始终还是敌不过庞大的叛军，二十多发子弹向他射过来，我可怜的父亲怒吼一声，用尽全身力气支撑住自己的身体，但是凶狠的敌军向他不停地攻击，我的父亲永远地闭上了眼睛。我和我已经昏倒的母亲成为了俘虏，就是那个我父亲深深信任的军官，那个指挥土耳其士兵疯狂地杀害我的父亲的军官，他把我们当作奴隶残忍地卖给了土耳其人。我的母亲实在是无法承受一切，带着虚弱的身体与痛苦的回忆离开了人世。孤身一人的我在奴隶市场被两次拍卖，最后是伯爵用大翡翠把我赎了出来，直到现在。"海蒂含着热泪讲完了整个悲惨的故事，她疲惫极了，双手已经无力地垂在身边。阿尔培沉浸在这个故事中，愤愤不平，他试着询问那个法国军官是谁，但是海蒂却说她已经忘记了。

基督山伯爵递给了他一杯咖啡，说："喝杯咖啡吧。历史已经讲完了。"

第二十六章 败露

就在阿尔培知道了海蒂的故事后的第二天，报纸上登出这样一则重磅新闻：阿里·铁贝林就是被他最信任的法国军官弗南背叛的。而弗南就是阿尔培的父亲马瑟夫伯爵。究竟是谁放出了这一消息，马瑟夫伯爵会承认他的这一罪行吗？

邓格拉司男爵有一个自己的如意算盘，如果自己的女儿和安德里结婚，那么安德里拿到的三百万元的财产，就可以存到他自己的银行，那么就可以挽回自己的名誉和损失。安德里·卡凡尔康德子爵因为邓格拉司的美意得意扬扬，他已经知道邓格拉司希望自己的女儿欧琴妮和他可以结婚，并欣然地接受了欧琴妮。邓格拉司和安德里几乎没有经过欧琴妮的同意就订下了婚约。但是那对父与子毕竟是假冒的，安德里的真实身份其实是和卡德罗斯一起蹲过监狱的罪犯贝奥弟托。卡德罗斯一听说安德里就要成为邓格拉司男爵的女婿，立刻决定要用这个秘密敲诈安德里。

安德里终于经不起卡德罗斯不停地敲诈，他怂恿卡德罗斯去盗窃基督山伯爵，并且给了他一张伯爵府邸的平面图。但是就在卡德罗斯准备行窃时，安德里突然出现，他想把卡德罗斯杀死，并且把杀人的罪名嫁祸给基督山伯爵。但是两个心怀鬼胎的人都没有如愿，就在卡德罗斯快要断气时，伯爵用药水救醒了他。卡德罗斯看到他后，拼命地挣扎着说："布沙尼长老，这是安德里做的，是他怂恿我的，我却遭到了他的毒手，我要报仇！请给我纸和笔，快！不，已经来不及了，请帮我写上'我是被都隆监狱的五十四号犯人贝奥弟托刺死的'！让我签上名！"卡德罗斯颤抖着双手，用尽力气在那纸上签下了自己的名字，伯爵在卡德罗斯濒临死亡的时候，将长老的假发摘去说："我不是什么布沙尼长老，也不是什么威玛勋爵，你看清楚！"伯爵将脸靠近了烛光。

"你是……你还活着！请你饶恕我吧！邓蒂斯！"卡德罗斯终于还是死去了。

当阿里带着总检察官和医生进来时，布沙尼长老正在为死去的卡德罗斯祷告着。

卡德罗斯被刺杀的事件，就发生在阿尔培知道了海蒂的故事的第二天。晚报中还写着这么一件事情：最近发现了一件重大消息，阿里·铁贝林其实是被他最信任的法国军官弗南背叛的。因为弗南将他出卖给了土耳其才遭到杀身之祸。阿尔培看到这则消息后实在是惊吓得不轻，弗南正是他的父亲马瑟夫伯爵的原名啊！他找到了写这条消息的波香："我的父亲绝不是背叛者，请你马上为我的父亲澄清并且道歉，否则我要和你决斗！"阿尔培激动极了。

波香被阿尔培搞得不知所措，他根本不知道这个背叛者弗南就是马瑟夫伯爵。他弄清了事情经过后，对阿尔培说："我们的友谊是友谊，但这是公事，报纸上的消息如果能随便取消，那还怎么能获得公众的信任。我答应你三星期内，一定再次调查这个事件。"面对多年的朋友，阿尔培只能离开了。

一段时间后，基督山伯爵家中的杀人事件传遍了巴黎。死者指明了凶手就是贝奥弟托，并且有签名的证据。警方根据这些已有的证据寻找着嫌疑犯的下落。又过了一段时间，杀人事件已经被大家遗忘，因为安德里子爵就要和邓格拉司的千金欧琴妮结婚了。

这个时候，阿尔培却迎来了波香的登门拜访。

"波香，你是来道歉的还是来决斗的？"他并没有因为消息没有引起大众的反应而减轻愤怒，因为他觉得那是侮辱，他一直想用决斗来解决。

"阿尔培，让我们坐下来谈吧。"波香的反应让阿尔培惊恐极了。

"我希望你在坐下前给我答复。"

"阿尔培，你看。"波香从口袋里掏出了一个大信封递给了阿尔培。在里面装着一份证明，是四位希腊的知名人士联名证明的。他们证明确实是弗南因为价值二十二万的金子将阿里·铁贝林出卖给了土耳其军队。证据就在眼前，阿尔培无法再怀疑，他用一直颤抖的手，把那份证明撕成碎得不能再碎的纸片，又将每一片用火烧光。他瘫倒在椅子上，不断地流着眼泪。"哦！母亲，如果你知道父亲是一个可恶的背叛者，那么……"

"来，请你勇敢点，我的朋友。我们出去吧，骑马在树林里兜一圈，振作一下。"波香看着自己的朋友如此抑郁，实在是很难过。

阿尔培答应了，紧紧地拥抱了波香，他们的友谊更加牢固了。但他还是无法摆脱这件事情，他的心情越来越差，最后决定一起去拜访他崇拜的基督山伯爵。

伯爵看着阿尔培阴郁的表情，决定邀请阿尔培与他一起旅行，希望这次旅行可以消除阿尔培心中的阴沉。

阿尔培是一个守时的青年，他准时和基督山伯爵开始了诺曼底的旅行。旅行最初很乏味，但是不久就变得十分有趣愉快起来。阿尔培因为这趟旅行调整了心情，心头的重负也渐渐放了下来。但是，一天晚上，他的仆人送来了一封信，他再次陷入了悲痛。那封信中是一份报纸，上面写着：关于阿里·铁贝林被法国军官背叛的消息证据确凿。那个背叛者就是弗南，也就是马瑟夫伯爵。这个秘密就这样被另一张报纸赤裸裸地刊登了出来，并且指出了阿尔培的父亲正是那个法国军官，是那个卑鄙的背叛者。这条消息几乎让那个不幸的青年发了疯。

早上八点，阿尔培几乎以雷电的速度冲进了波香的家，波香已经接到了仆人的通报，在房间里等待阿尔培。

"我正等你呢，我的朋友。"

"我相信你，波香。你是守信、重友情的，绝不会告诉别人那件事的，现在，请直接告诉我，这到底是怎么回事？"

"元老院委员已经将马瑟夫伯爵逼迫得不行了，他不得不承认了自己的一切罪行。"

"什么？我的父亲承认了自己如此卑鄙的行为！"这句话简直就是晴天霹雳一般。

"这次的消息是在政党报纸上的。审查委员会决定对马瑟夫伯爵进行彻底的审查，我以记者的身份来到现场。这件事震惊了巴黎。审查开始时，马瑟夫伯爵为自己辩解，他真的是很有招数，他出示了很多证据，这些证据说明他自己是受到了阿里·铁贝林的信任去谈判，他已经尽自己的努力奉命出使了土耳其，但是回来的时候发现阿里·铁贝林已经去世了。他甚至还说自己被托付，要照顾自己恩人的夫人和女儿。他的一番演说和辩解甚至还感动了许多的旁听者。

　　"但是，审查主席追问：'那么托付给你的两位女士在哪里？''我没有找到她们，我很遗憾。''那么，你有证人来证明你的话吗？''这是没有办法的，当时为阿里·铁贝林做事的人不是已经去世就是下落不明，所以证据只有我呈给您的这些了。'马瑟夫伯爵当时扬扬得意，似乎一切已经偏向了他。然而，一封信交到了审查主席的手里，主席把信中的内容告诉了审判的委员们，并且请出了写信人。不久后，证人进场，她就是名叫海蒂的希腊美人，她的脸上有着一种痛苦的严肃神情。

　　"'你是证人，那么你是谁？请叙述当时的情景。'审查主席询问。

　　"'好的！主席，当时我只有四岁，父亲的死让我刻骨铭心，因为我就是阿里·铁贝林的女儿！'她交出了自己的出生证还有洗礼证，这一切证明了她的身份。马瑟夫的脸立刻没有了血色。

　　"'马瑟夫伯爵，你承认她的身份吗？'审查主席问。

　　"'绝对不承认，这是一场阴谋！'马瑟夫激动地否认。

　　"'你不承认？可是你的嘴脸我可是记得啊！就是你杀死了我的父亲，就是你把我们母女卖为了奴隶！弗南！你就是凶手！母亲告诉我，绝不能忘记杀害了我的父亲，毁掉了我的家庭的仇人。她告诉我，如果我忘记了长相，一定记得凶手的右手有一个大伤疤，你伸出右手，快让大家看看你血腥的手！'海蒂留下了一行行热泪。马瑟夫惊恐地把右手插进了自己的口袋，似乎想掩饰罪行，但是铁证如山，海蒂的证明让马瑟夫无路可退，他像疯子一样冲出去。委员会宣布了他的罪行。海蒂没有露出一丝表情，像女神一样走出了会场。"

第二十七章　挑战

深受打击的阿尔培虽然知道自己的父亲是罪有应得，但是他无法从悲痛中抽身而出。他的前途就要因此毁掉，临近崩溃的他会怎么做？

波香继续说："我带着悲喜交加的情绪从会议厅离开，请原谅，阿尔培。我悲是因为你，我喜是因为海蒂，她终于为自己的父母报了仇。不论是谁揭露了这个事实，你的仇人都是上帝的使者。"

阿尔培痛苦地用双手抱着头，然后抬起了自己挂满泪水的脸。"朋友！我无法平静地承认这都是罪有应得，我一定要知道到底是谁用仇恨害了我。我要杀死他，或者我被杀死。波香，我的朋友，请你帮我找到这个人吧。"

"那么，我就告诉你一件事吧。我去调查你父亲的事情时，有一个人已经抢先我一步，他就是邓格拉司。"

"他！"阿尔培叫了出来，"他早就嫉妒我的父亲了。我要去调查一下，如果是他，那么我会让他偿还一切。"

他们叫了一辆马车赶去了邓格拉司家。可是却被门口的仆人拦在了门外，他们硬是推开了门，闯了进去。

"难道我在自己家都不能决定是否接待人了吗？"邓格拉司气愤地说。

"除非你是胆怯了！阁下！"阿尔培冷着脸说。

"你来闹，难道是因为我女儿和你的婚约取消，而且我要把她嫁给安德里吗？那么这件事我只能把你交给检察官了。"

"这根本毫无关系，我来是因为你让我的父亲那样耻辱！你写信去调查我父亲的过去。就是你！"

"什么？那是我的过错？我的女儿有可能嫁给你，难道我作为父亲不应该去了解一下吗？这是责任，更是权利。你怀疑我，不如去怀疑你的朋友基督山伯爵。是他提醒我写这封信的。"

阿尔培和波香互相看了一眼。"阁下，你似乎在把一切过错推给基督山伯爵。"

"我并不是把责任推给谁，我只是在说事实，就算在他面前，我也可以把这些话说一遍。"

阿尔培额头发热，他想起来了一些以前已经忘记的或者是忽略的事。基督山伯爵既然已经买下了总督的女儿海蒂，那么他一定知道这个事，他还叫邓格拉司写信。他明知道结果还带着阿尔培去见海蒂，却不让她提及自己的父亲。当他知道事情要爆发时又带着阿尔培去旅行。

原来基督山伯爵才是他们最该去询问的，他们两个告辞了邓格拉司，就追到了伯爵所在的剧院包厢里。伯爵看到阿尔培一双气势汹汹的眼睛就明白了一切，但还是保持着往常慈爱的态度。"晚上好，阿尔培子爵。"

"阁下，我们来到这里可不是为了和您虚情假意的，我要您做出解释。"阿尔培的声音颤抖着，从咬紧的牙齿中钻出。

"在剧院解释？您这是怎么了？怎么如此失控？"伯爵还是没有什么表情。

"我已经很理智了，我现在只知道您是一个不义之徒，我要报仇！"阿尔培狂吼着。

"阁下！这是我的地方，您没有权利在我这里这样大声，现在请您离开，马瑟夫先生！"基督山伯爵严肃地指着门。

听到这个名字，旁边看热闹的人开始低语，他们知道马瑟夫这个名字意味着什么，意味着背叛者。阿尔培气急了，他正要把手中握紧的手套摔向伯爵，就被玛西米兰抓住了手，波香也挡在了前面。因为如果这手套丢出去，那就真的意味着要决斗了。

基督山伯爵对阿尔培说："现在离开吧，不要让我叫人来拖你下去。"阿尔培的眼睛在冒火，身体几乎失去了知觉，就退了出去。玛西米兰关上门轻声问伯爵："他为什么这样？"

"他的父亲被指控为背叛者，控诉者就是海蒂，他太可怜了，竟然神经错乱成这样。"这时，波香又出现了，他看着基督山伯爵说："伯爵，阿尔培刚才太激动了，请您原谅他。"波香在努力让两人都不要太激动。

"太迟了，我接受阿尔培的挑战。他可以随便用什么武器。明天我将和他决斗！"伯爵的话斩钉截铁，没有一丝回旋的余地。

第二十八章　面对

　　阿尔培和基督山伯爵要进行正式的决斗了，双方必有一方会受伤甚至死亡。阿尔培的母亲担心着自己的儿子，去拜访基督山伯爵。美茜蒂丝和基督山伯爵，两个曾经相爱的人，将如何面对呢？

　　基督山伯爵和往常一样，直到剧终才离开剧院回家。他刚回到家，就吩咐阿里去取自己的手枪。当阿里读懂了主人不容置疑的表情后，便拿来了那把嵌着象牙的手枪。伯爵为了第二天的决斗，细细地检查自己的武器。

　　这时，一个头戴面纱的女人跟着管家进入了伯爵的书房，她看到桌上的剑和伯爵手里的枪，立刻冲到了伯爵的面前。管家担心地看着伯爵，看到伯爵的示意便离开了房间。

"您是哪位？夫人。"

蒙面的女人环顾了四周，确定只有他们两个的时候，便十指交叉握紧，弯下了身体。她的姿势就像是跪下了一样，她绝望地说："邓蒂斯，请不要杀死我的孩子！"

伯爵后退了一步，不自觉地轻叹了一声，手枪掉到了地上。"您刚才说什么？马瑟夫夫人。"

"我说的是你的名字，邓蒂斯！"她把面纱放了下来，"你的名字，只有我没有忘记，我不是马瑟夫夫人，我现在是美茜蒂丝。"

"不，夫人，美茜蒂丝已经死了，不会有同名同姓的人。"

"不，她还活着，她记得你，并且在第一眼时就认出了你。从那时她就一直注视着你，并且不用问就知道是谁让马瑟夫先生受到如此重创。"美茜蒂丝深深地注视着基督山伯爵。

"夫人，你说的是弗南吧，"基督山伯爵用讥讽的语气说，"既然我们开始回忆，那么就让我们全都回忆出来吧。"他的脸上满满的都是憎恨。

美茜蒂丝觉得身体里有一股寒意传遍全身。"邓蒂斯，放过我的儿子吧！"

"我并没有憎恶您的儿子。"

"我跟着他去了剧院，看到了一切。"

"假如您看到了，那么您就应该看到他当众羞辱我，如果不是玛西米兰挡住，那只手套就会砸向我。"

"我的儿子已经推测出了你的身份，所以他把他父亲的不幸都归罪于你。"

"不，那不是不幸，那是惩罚，这是上帝的惩罚，并不是我。"

"你为什么要代表上帝呢？弗南出卖阿里·铁贝林和你有什么关系呢？"美茜蒂丝喊道。

"没错，这和我没有关系。如果我要为自己报仇，我不应该找法国军官，不应该找马瑟夫伯爵，我要找的是渔夫弗南。"

"都是我的错，是我没有继续等待，你应该向我报复。都是因为我不够坚定，无法忍受你离开后的孤独。"

"但是，你没有想过我为什么会离开？"

"因为你被捕了，邓蒂斯。"

"我为什么会被捕？"

"我不知道。"

"是啊，您不知道。我希望您不知道。但是我现在要告诉您。原因就是我们订婚宴前一晚，邓格拉司写了这封信，而弗南把它投进了邮箱！"基督山伯爵走到写字台前，打开了抽屉，拿出了那封邓格拉司与弗南联手策划的告密信，递给了美茜蒂丝。

这封从邓蒂斯的档案里拿出的告密信让美茜蒂丝不停颤抖。"上帝啊！这封信的结果是？"

"结果再清楚不过了。因为它，我被捕了。但是您不清楚的是，十四年的时间，我一直在伊夫堡的黑牢里，十四年，每天都会复述复仇的誓言。但是我不知道你和那个罪魁祸首弗南结婚，我不知道我的父亲被饿死了。"

"公正的上帝。"浑身发抖的美茜蒂丝喊道。她把头埋进了自己的双手，双腿再也支撑不住，她跪倒了，基督山伯爵过去把她扶了起来。她坐在椅子上，看着伯爵因仇恨而坚定的神情说："邓蒂斯，当我叫你邓蒂斯时，你为什么不叫我美茜蒂丝呢？"

"美茜蒂丝。"伯爵重复了一遍，"是啊，这个名字还有它的魔力，这么多年，我在最抑郁的时候呼喊过这个名字，在最伤心的时候呼喊过这个名字，在最绝望的时候呼喊过这个名字！美茜蒂丝，我必须报仇，为了我这十四年的苦，我必须为自己报仇！"基督山伯爵痛苦地喊着，他曾经那样爱过她，他害怕自己因为她而让步，他回忆着自己最痛苦的时候来坚定自己。

"好吧，你为自己报仇吧，邓蒂斯。报复弗南，报复我，但是你不要报复我的儿子！"美茜蒂斯哭着喊道。

伯爵使劲地抓着头发，发出一声长叹。

"邓蒂斯！"美茜蒂丝跪了下来，双臂伸向伯爵，"求你饶了我儿子，这么多年，尽管我有罪，请相信，我也一直遭受着痛苦。现在，我不能眼睁睁看着我爱的人杀我的儿子！"她是那么痛苦地哭喊着，她的声音是那么绝望。

狮子终于被驯服。"你的要求是什么？你儿子的生命？那么你可以走了，他会活下去。"

"哦！"美茜蒂丝抓住伯爵的手，紧紧握住，"邓蒂斯，谢谢你！你真的还是你，是我梦中的你！"

"那就好，因为可怜的邓蒂斯会回到坟墓，他应该归于黑暗。"

"什么？你说什么？"

"我说，你既然命令了我，那么我只能死了。我在剧院当着所有人被你儿子羞辱，并且收到了他的挑战，明天他会得意扬扬地胜利。你说，我怎么有脸活着。我的尊严是我的生命，如果没有了尊严，那么我宁愿选择死。"

"可是，你选择了宽恕，决斗就不应该举行啊！"

"不！要举行，但是流出的血不会是你儿子的，而会是我的。"基督山伯爵庄严地说。

美茜蒂丝向伯爵冲过去，但是突然停下脚步。"邓蒂斯，我相信你，相信我的儿子会活下去。"

基督山伯爵惊愕了，他没想到她竟然可以如此冷静地接受自己做出的牺牲。

美茜蒂丝的眼里满是崇拜与感激。"你要相信，无论时光如何流去，我的心依旧和以前一样。谢谢你，你还是那么高贵与伟大，再会了，邓蒂斯，谢谢你！"

伯爵并没有回应，复仇化为泡影，他陷入了恍惚，他痛苦极了。

美茜蒂丝离开了，房间里布满了凄凉的阴影。基督山伯爵想起来法利亚长老的话，"我已经后悔帮你找到事情的真相。因为这使你心中有了新的烦恼。那就是复仇。"他一直以为上帝赞成他的复仇计划，现在看来是反对的。当伯爵答应饶恕阿尔培，就是宣布了自己的死刑。他抓起笔，抽出了一张纸，开始写自己的遗书。他决定把遗产分给玛西米兰兄妹、仆人还有海蒂，他还在遗书上清清楚楚地写下了自己的死因。

不知不觉中，黎明最初的光芒照进他的房间，将伯爵手下淡蓝色的纸照亮。一阵轻微的声音传进他的耳朵。这声音听起来像是一种窒息的叹息声。原来是海蒂在门外等着伯爵出来，但是却因为守候太久，便靠在椅子上睡着了。

伯爵爱怜地看着她。"她记得她有一个儿子,我却忘记了我有一个女儿。"于是伯爵回到了座位上继续写着。他一直像父亲一样抚养她长大,海蒂也一直像女儿一样爱着他。他要将遗产的大部分留给海蒂。就在他写完最后一行时,身后的尖叫把他吓得笔都掉了下去。

"海蒂,你都看到了。"

"您为什么要写这个东西,为什么要把财产给我?难道您要离开我?"

"我要去旅行,假如我遇到什么不幸,我希望我的女儿幸福。"伯爵的表情中透出了哀伤。

"什么?假如您遭遇了不幸,那么把财产赠给别人吧!"海蒂庄严地说。伯爵从没听过她用这种口气说话,吃惊极了。海蒂苦笑着拿起那张纸,将它撕成碎片,筋疲力尽地昏了过去。

伯爵把她抱起,让她的侍女好好照顾她。然后他走回了书房,把门关紧,将破碎的遗书又抄了一遍。

第二十九章　决斗

决斗的时刻终于到了，基督山伯爵和自己的陪证人到达了约定的地点。阿尔培的陪证人也到达了那里，可是却不见阿尔培的踪影。基督山伯爵已经下定决心献出自己的生命，一切真的无法挽回了吗？

当伯爵把遗书抄完后，听到了一辆马车驶来的声音。天已经完全亮了，他走到窗口，看到玛西米兰和艾曼纽下了车，是伯爵让他们两个作为决斗的陪证人。伯爵走到了客厅，迎上了玛西米兰。

"我似乎来得太早了，伯爵。但是我必须承认，我一夜未眠。我的家人和我一样，我们放心不下您。"玛西米兰真诚地说。

基督山伯爵无法抗拒这份真诚，他向青年展开了双臂。"今天会是快乐的日子，你们愿意和我一起去吗？"

　　"您还在怀疑吗？昨天阿尔培挑战您时，我一直关注着您，只有正义的人才会有那样镇静的表情。"

　　"谢谢你。"伯爵让阿里把封好的遗书拿去给律师，然后告诉玛西米兰，"这是遗书，如果我死了，请你拆开它。"

　　"什么，您死？"玛西米兰不再镇定了。

　　"是的，我应该预想好一切不是吗？"

　　"伯爵，您听我说，这件事已经无法避免，所有人都在谈论这次决斗。我本来希望找对方谈谈用剑代替枪，这样伤害会小一些。"

　　"那么，他们同意了？"伯爵急忙问，他燃起了一丝希望。

　　"并没有，因为您的剑术实在是太好了。"

　　"玛西米兰，你见过我用枪射击吗？"

　　"没有。"

　　"好，我们还有时间。"伯爵拿起了那把准备好的手枪，然后将一张扑克牌钉在了铁盘上。用四发子弹打掉了扑克牌的四边。伯爵每射一枪都让玛西米兰的脸更加惨白。

"您的枪法太惊人了。可是，求您不要杀死阿尔培，他还有可怜的母亲。"

"是啊。"伯爵叹了口气。

"打伤他，但不要杀死他。"玛西米兰请求着。

"我们走吧。"伯爵看了一眼表说。快到约定的时间了，三个人上了马车。马车跑得飞快，不久就到达了约定的地点。

基督山伯爵敏捷地跳下马车，伸手扶玛西米兰和艾曼纽。玛西米兰握住伯爵的手说："好极了，您的手还是那么温暖坚定。"

伯爵拉住了玛西米兰，问："玛西米兰，你有心爱的人了吗？"这个问题让青年吃了一惊。

"我不是要探听你的私人秘密，朋友，我只是问一个简单的问题，我就这么一个请求。"

"我爱着一个姑娘，甚至可以付出生命。"玛西米兰郑重地说。

伯爵叹了口气，轻轻地说："可怜的海蒂。"

约定的时间到了，阿尔培的陪证人波香、勒诺、弗兰士和狄布雷都已经到了，可是却不见阿尔培本人的踪影。过了一会儿，一辆马车驶到了他们的面前。阿尔培跳下车，走了过来。他的脸色惨白，双眼红肿着，他的面容一看就是彻夜未眠。而他的表情是一种犹豫而庄重的神情，这在他的脸上并不多见。

"谢谢大家的到来，诸位，我有话要和基督山伯爵说。"阿尔培开口说。

"私下说吗？"玛西米兰问。

"不，我要当着大家说。"阿尔培的一番话让他的陪证人们面面相觑。玛西米兰走到远处的伯爵身边，告诉了他这个小插曲。

伯爵平静镇定地走了过来，这和阿尔培愁容满面的表情形成了对比。阿尔培也向着伯爵的方向走去，当两人距离三步时，一行人都停了下来。

"好了，各位，希望你们认真地听我对伯爵说的话，因为这话虽然有些奇怪，但是只要有人愿意听，并请你们把这段话转述给他们。"阿尔培说。

"请说吧。"伯爵依然平静。

"阁下，"阿尔培颤抖的声音渐渐平静，"我曾经责备您不应该去揭露马瑟夫伯爵的罪行。因为我认为，您没有权利惩罚他。后来我知道您是有权利的，不是因为弗南出卖了阿里总督，而是因为渔夫弗南曾经出卖了您，并且让您陷入了无休止的痛苦。现在，我要公开宣布，您有权为自己找我的父亲报仇。我作为他的儿子，感谢您没有用更加严厉的手段。"

伯爵望向了天空，脸上满是感激的表情。他终于明白为什么美茜蒂丝没有反对自己的牺牲，因为她知道这一切不会发生，是美茜蒂丝让火爆的阿尔培如此忍辱负重。

"现在，伯爵先生，假如您接受了我的道歉，那么请您把手伸给我。一个好人是有了过错可以坦白承认，但是您是比好人更好。只有天使会拯救我们之间一人免于死亡。"

伯爵的眼睛湿润了，他伸出了手。阿尔培敬畏地把伯爵的手紧紧地握了一握。伯爵想到了勇敢的美茜蒂丝。她曾经为了儿子乞求他的宽容，于是他把生命交给了她。现在她勇敢地泄露了可怕的家庭秘密，拯救了他的生命。

第三十章　自杀

　　因为阿尔培的忍辱负重，惨烈的决斗总算没有发生。他的选择获得了基督山伯爵深深的赞叹，却没有得到父亲的认可。气急败坏的马瑟夫伯爵冲进了基督山伯爵的家中，一场大战又将开始，这一次，基督山伯爵可以躲过马瑟夫伯爵愤怒的利剑吗？

　　基督山伯爵鞠了躬，和玛西米兰与艾曼纽跨上马车离开了。阿尔培仍然沉浸在思索中不作声，过了一会儿，他用几乎让人听不到的声音说了句"别了"，然后跨上了马，向巴黎的方向飞奔而去。

　　一刻钟后，他回到了家，看到父亲苍白的脸，阿尔培叹息了一声走回了自己的房间。他在房间里恋恋不舍地看了看屋内的一切，便开始收拾东西。

"请原谅，少爷，您不许我来打扰，但是马瑟夫伯爵派人来找您。"他的跟班说。

"他派人找我就是想知道决斗的经过，你就说我向基督山伯爵道歉了。去吧。"阿尔培说完便继续整理东西，这时他看到自己的父亲坐着马车出去了。他走向母亲的房间，却发现她也做着同样的事情，她也在收拾东西。他懂得这其中的意义。

"妈妈！"他抱住了母亲。

"你已经知道了，我要和你一起走。"

"可是，我不能让你和我同样的命运。从今往后，我将没有财产和地位，一切都得靠自己，但是我年轻力壮，我相信自己的勇敢。我决不接受过去的一切，甚至是我的姓氏。我不能接受这个让人羞愧的姓，我将自己建立自己的荣光。"

"我相信你，我的孩子，你也要相信我。你是那样纯洁，需要一个无瑕的姓氏，那么就接受我父亲的姓氏吧。我们要充满希望。"

"母亲，你是那样纯洁，我又是那样无辜。既然我们已经下定决心，那么我们就快行动吧，马瑟夫先生出去了，这是好机会。"

这对母子奔到了街上，叫了一辆出租的马车准备离开家，这时，一个人交给阿尔培一封信，这个人就是伯爵的管家。阿尔培打开信读着，然后含着泪把信交给了母亲，等待着母亲做出判断。信上写着：

阿尔培，我已经知道了你的计划，你是自由的，你选择离开家，带着母亲离开。但是你母亲给予你的，不是你高贵的心可以偿还的。你是年轻的，所以你可以一心去奋斗，去忍受艰苦。但是你不要再让这份艰苦落在你可怜的母亲身上，她本不应该承受这一切。不必去想我怎样发现一切的，这不重要。现在听我说，在二十四年前，我带着骄傲并且快乐的心回到马赛去见我的未婚妻，那时我为她带来辛苦赚来的钱。那是给她的，那笔钱属于她。当时，我把它藏在了我父亲房子的花园里，那里是你母亲再熟悉不过的了。这笔钱可以让你的母亲获得安宁的生活。我本可以给她更多的金钱，但是，我选择给她在二十四年前，本应该属于她的。希望你们理解我的用意。阿尔培，你是心胸宽广的人。你一定要接受这份馈赠。

美茜蒂丝望向了天空说："我愿意接受。"她把信藏在怀里，挽着儿子，迈着坚定的脚步走去。

在母子俩离开家的同时，基督山伯爵的家里出现了一位身穿将军服，手拿宝剑的人，他就是马瑟夫伯爵。他原本以为自己的儿子会为自己挽回名誉，但是却没想到他向对手道了歉就回了家。他简直要被气疯了。

"马瑟夫先生，我以为我看错了。"基督山伯爵静静地说。

"是我。"马瑟夫伯爵抽搐着嘴唇说，"今天早晨你和我的儿子决斗，他本来有充分的理由杀掉你的。"

"可是，他没有杀死我，甚至不曾决斗。看来他相信自己父亲的罪要远大于我。"

"你料到了我儿子是懦夫！"马瑟夫喊道。

"阿尔培不是懦夫！"基督山伯爵用坚定的声音压住了马瑟夫的喊声。

"我来是告诉你，我把你视为我的敌人，我本能地痛恨你！我似乎早就认识你，并且以前就恨你。我的儿子选择不和你决斗，那么只能我来了，直到我们之间有一人死。你怎么想？"

"我准备好了。"

"我们之间不需要什么陪证人。"

"是的，因为我们已经很熟悉了。"基督山伯爵说。

"相反，我们很生疏。你知道我历史的每一页，我知道你的那些名字都是假名字，所以你到底是谁？当我把剑插进你的心脏，至少我能用你的真名称呼你。"马瑟夫骄傲地说。

"哼！当然可以！"基督山伯爵的眼中燃烧着怒火，他跑进更衣室，撕下了全身的装扮，穿上了水手装，走回了马瑟夫面前，双眼喷出气势汹汹的仇恨。面对面前的人，马瑟夫牙齿开始打颤，因为腿软，使劲用手扶住桌角支撑。

"弗南！"基督山伯爵大吼一声，"在我千百个名字中，只要你听到一个名字就够了！现在你已经猜到了，或者你已经想起来了。"

"爱德蒙·邓蒂斯！"马瑟夫痛苦地悲鸣着，踉踉跄跄地退到门廊，跌进跟班的身上，用极为虚弱的声音说："回家！回家！"他落荒逃跑了。

在他快到家的时候，他发现前门打开着，一辆出租的马车停在前面，对于这豪华的房子来说，是太稀有的事情。马瑟夫恐怖地看着这个场景，呆住了，这时有两个人走下来，他急忙躲在一边，这两个人就是美茜蒂丝和阿尔培。美茜蒂丝正扶着自己儿子的手臂离开。不幸的马瑟夫听到阿尔培的话："勇敢点，母亲，这已经不是我们的家了。"这句话就像是面对着马瑟夫说的，因为在马瑟夫听起来是那样清晰。他挺起身子，开始痛苦地啜泣。不久，他听到马车轮子滚动的声音越来越快，他努力想再看一眼他爱着的一切。但是那两个人的面容没有再出现在车窗上。他们没有对这座房子和他这个人给予一丝的留恋。当马车的声音渐行渐远时，这座房屋内传出一声枪响，失去一切的弗南选择了永远地离去。

第三十一章　逃跑

邓格拉司的美梦眼看就要成真，他的女儿和安德里的婚礼终于举行了。婚礼现场人头攒动，巴黎的上层贵族几乎都集中在这里观看婚礼。但是一位军官突然到来，封锁了婚礼的大门，他是来捉拿新郎安德里的。这到底是怎么回事？

安德里与邓格拉司的女儿欧琴妮的婚礼终于举行了。邓格拉司家的大厅那天晚上装扮得更加富丽堂皇。在来宾签字的时候，这里挤满了人，佩戴着各种珠宝配饰的巴黎上层贵族像波浪一样涌动。

安德里子爵打扮得华丽极了，可是欧琴妮却打扮得很文雅朴素，这让她显得年轻羞涩，但是却掩盖不了她沉闷的心。在离她不远的地方，邓格拉司先生十分轻松愉快地与各位官员攀谈着，男爵夫人和维尔福夫人聊着天。这时双方的律师都已经就位。读婚约的时候，本来欢乐喧闹的四周变得鸦雀无声，婚约一读完又开始加倍地嘈杂。那笔即将成为这对未婚夫妇的巨款和房间里堆满的礼物，使房间中充满了艳羡的声音。安德里被朋友们包围住，他在一片倒吸声和赞美声中，开始相信自己的梦想终于要成真了。

"诸位，婚约开始签字。"律师用庄严的声音说。

第一个签字的是邓格拉司男爵，然后是代表老卡凡尔康德先生的人，接着是邓格拉司夫人，最后是未婚夫妇。当邓格拉司夫人接过笔时，对维尔福夫人说："这真是让人恼火，因为基督山伯爵家里遇到谋杀盗窃案，竟然会让这婚礼失去维尔福先生的大驾光临。"

"看来这件事应该怪我。"基督山伯爵走近说。

安德里敏锐地竖起耳朵，仔细听着。每一个在场的人都竖起了耳朵，因为极少说话的基督山伯爵说话了。

"您记得，偷窃的人死在我家，据推测，这是因为他准备离开时被同犯刺死了。"伯爵在一片寂静中说。

"是的，我记得。"邓格拉司说。

"当时为了检查死者的伤口，便把他的衣服脱了下来，后来警官把它拿走时，遗漏了一件背心。"听到这里，安德里脸色惨白地向门口移动。

"这件满是血迹的背心在今天被发现了。"在场的小姐太太们都装出要晕倒的样子。"仆人把它给我时，几乎没人看出那是什么，只有我看出那是死者的背心。仆人在检查时从里面发现了一张纸，他递给我看，我才发现是写给您的信，男爵先生。"

"给我的！"这可吓坏了邓格拉司。

"是的，虽然那信满是血迹，但还是可以在最下面辨识出您的名字。"在一片惊呼声中，基督山伯爵平静地说。

"可是，这事怎么会阻碍维尔福先生来呢？"邓格拉司夫人不安地看着自己的丈夫。

"这很简单，那背心和信都是证据，所以我把它们送到了检察官那里。遇到罪案就应该依法办理。您说是吧？"基督山伯爵对邓格拉司说。

安德里惊恐地盯着基督山伯爵，溜出了大厅。

"怎么大家都呆住了，请继续签字吧。我向大家表示歉意。"伯爵认真地说。

轮到新郎和新娘签字的时候，大家才发现安德里不见了。大家开始四处寻找，却因为一个军官的到来纷纷后退散开。他们如此害怕是有理由的，因为这个军官带着两个士兵看守着整个大厅。

邓格拉司露出恐惧的神情，他以为这位军官要抓的对象是自己。因为像他这种人永远不会理直气壮，永远得不到安宁。

"什么事？先生。"基督山伯爵走向了军官。

"你们中有没有一个叫安德里·卡凡尔康德的人！"军官没有回答伯爵，用让人胆怯的声音喊道。房间里到处都是惊恐的喊叫声。

"这个安德里·卡凡尔康德到底是什么人？"邓格拉司惊恐地问。

"他是从监狱里逃跑的罪犯。"

"什么罪？"

"他被指控杀害一个叫卡德罗斯的人，他们本来是同伙，但是他却在从基督山伯爵家逃跑时杀害了同伴。"

基督山伯爵疾速地瞥了一眼周围，安德里已经不见了。

这个突发事件让婚礼现场混乱不堪，大家都像躲瘟疫一样逃了出去。

在那个晚上，邓格拉司的女儿欧琴妮终于选择离开她讨厌的家，毫不留恋地走了。而安德里虽然早早地发现了事情不妙，带了一些金银珠宝后逃跑了，可是他还没逃多远就被抓住了。

邓格拉司失去了女儿，失去了本以为可以从安德里手里拿到的金钱。这一连串的打击让他萎靡不振。第二天，邓格拉司坐在办公室里，他正在签着支票。这些支票是巴黎养老院存在他银行的，养老院要取出来让会计检查，然后会存回银行。这时他迎来了基督山伯爵。

"这真是太巧了，我正是要来取走当时您答应贷款给我的六百万的。您已经给了我九十万，现在还差五百一十万，我现在需要这笔钱，您桌上正好有五百万支票。这真是太巧了。那我就拿走了。"

这下邓格拉司傻了眼。他的银行只剩这一笔存款了。可是如果他不依照合约付给伯爵这笔钱，那么他就会失去所有信用。

"不！我要把这支票给养老院。"邓格拉司的脸变成青色，不停地抽搐。

"哦？那么再给我开一张就行。"

邓格拉司紧张极了，他大口喘着气，擦着汗，尽力不让伯爵看出他的不安。过了很久，他终于想出了对策："好吧，您把这支票拿去吧，我还差您十万。"

"那么点钱就作为手续费送你了。"伯爵满不在乎地拿着支票离开了邓格拉司家。

不一会儿，巴黎养老院的会计来了。邓格拉司把基督山伯爵的收据给会计看，他谎称在一天之内给出一千万的支票会遭人怀疑，所以请他第二天再来拿。邓格拉司终于成功打发走了会计。

看到会计没有一丝怀疑地离开，邓格拉司立刻冲到自己的金库，取出所有的钱，带上了基督山伯爵的收据，落荒而逃。

从那天晚上开始，邓格拉司这位大银行家就在巴黎消失了。

第三十二章　毒害

维尔福检察官的家里接连出现了一起又一起的意外事件。维尔福身边最亲爱的人一个接一个地离开了他，到底谁是幕后凶手？这难道就是维尔福的报应？

维尔福检察官最近一直忙着一件公事，不得抽身，这件事就是处理卡德罗斯的谋杀事件。其实他的家庭也在四分五裂。维尔福有一个女儿叫凡兰蒂。她是检察官的前妻，圣·米兰侯爵的独生女所生，可是不幸的是，女孩的母亲在生下凡兰蒂后不久就生病去世了。后来维尔福检察官娶了现在的维尔福夫人，有了一个儿子。他们就是被基督山伯爵所救的母子俩。而维尔福的父亲就是诺梯埃，他因为中风已经全身瘫痪，却还有着清醒的头脑。唯一深深爱着他的就是他的孙女凡兰蒂，所以他十分宠爱她。

这样复杂的家庭情况导致维尔福家有着很深的家庭矛盾。维尔福升为检察官后，不得不照顾诺梯埃，父子两个的关系十分不好。凡兰蒂是一个温柔善良的姑娘，她细心地照顾自己的祖父。诺梯埃已经准备把所有财产留给自己的孙女，这可让维尔福夫人很不高兴。她宠着自己的儿子，所以有一块严重的心病，那就是遗产问题。维尔福虽然是检察官，但是却没有什么财产留给自己的儿子。然而凡兰蒂却不仅可以继承外祖父圣·米兰侯爵的遗产，还可以继承诺梯埃的遗产。这可远远超过了维尔福夫人那一分也得不到的可怜的儿子。而这些财产，只要凡兰蒂结婚，她就会得到。所以维尔福夫人得知凡兰蒂与玛西米兰相爱后，就百般阻挠他们的婚事。

凡兰蒂和玛西米兰不顾重重阻拦，不懈地努力，他们的婚事终于获得了维尔福夫妇的认可。可是就在这时，检察官的家里发生了一件又一件的惨案。

圣·米兰侯爵想早日安排凡兰蒂的婚礼，便启程赶往巴黎。然而他却在途中突然去世。圣·米兰侯爵夫人刚到达巴黎几天后，也莫名地去世了。两位老人的离开，简直让善良的凡兰蒂哭成了泪人，维尔福也变得六神无主。

医生在维尔福耳边悄悄说："我要告诉你一件重要的事，圣·米兰侯爵夫人是因为中毒致死的。这种毒药根本无法查出是什么，所以我猜测侯爵也是死于这个原因，你要注意，也许还会有死者。"

这天，维尔福的家里又发生了惨案。就在圣·米兰侯爵夫妇去世没多久，一直服侍着诺梯埃的忠厚仆人因为喝了主人床头的水中毒而死。维尔福突然想起了医生警告过他的话。他实在是想不通，到底会是谁，在检察官眼皮下连续做着这样冷血的事情。

医生对维尔福说："你应该想一想，如果诺梯埃先生死了，那么谁会是最大的受益人，那个人一定有嫌疑。"这句话让维尔福提高了警惕，难道是凡兰蒂吗？可是善良温柔的她怎么会做出这样的事情？

一天，玛西米兰着急地拜访了基督山伯爵。他是去求救的。原来凡兰蒂也被人下了毒，幸好之前玛西米兰给了她解毒剂才能幸免于难，可是凡兰蒂的中毒迹象一直没有褪去。伯爵看着心力交瘁的玛西米兰，没有多想就答应了下来，他的要求就是让玛西米兰无论发生什么都要相信他。

就在当天下午，一位名叫布沙尼的长老就搬进了维尔福家旁边的空房。凡兰蒂因为中毒的迹象还是没有消退，她愈发地疲惫和虚弱，一直躺在床上，脑海里都是奇怪的幻境。

就在邓格拉司家婚礼出现突发事件的当天晚上，凡兰蒂在床上一直胡思乱想着，突然，她似乎看到房门打开，一个人影出现了。她以为这是幻觉，所以并没有害怕，希望那人影是自己心爱的玛西米兰。当那人影不断走向自己，凡兰蒂发现窗外的光映在那人影的脸上。"原来不是啊！"她有些失望，却无法让急速跳动的心平静下来。于是她去寻找药水，她想用那药水醒醒自己的脑袋。

于是，凡兰蒂伸手去拿杯子。可是，就在她伸出手时，那个人影向她走过来，抓住了那个玻璃杯。这是真人，不是幻觉，因为她可以听见呼吸，她盯着那个人，内心里觉得那个人是来保护自己的。

那个人举起杯子，看了看里面的液体，然后用勺子喝了一口。凡兰蒂看着眼前的一切很茫然，那人走到她身边说："喝吧。"这个举动让凡兰蒂害怕了，她张嘴要喊，却被那人用手指抵住了嘴唇。

"基督山伯爵！"凡兰蒂反应了过来，轻轻地说。

"不要惊慌，也许你很不安，或许还很疑惑，但是你面前的我不是你的幻想，你可以把我想象成最慈爱的父亲或者是最可敬的朋友。"

凡兰蒂惊讶地睁着眼睛，讲不出一句话，似乎在说："你为什么会在这里？"这个眼神对于聪明的伯爵来说，太容易看懂了，他说："你可以看看我苍白的脸，或者可以看看我发红的眼睛。我太疲惫了，我为了守着你，已经四天不曾合眼了。我是为了玛西米兰才一直保护着你。"

　　凡兰蒂的脸颊红润了，玛西米兰这个名字让她觉得那么甜蜜。"你是医生吗？你一直在哪里，我怎么从没发现你？"

　　"我是可以照顾你的最好的医生，而我就住在你隔壁的房间相连的房子里。我租下了那个房子。凡兰蒂，你不要害怕，我守护你，只是观察来看你的人，你的食物和你喝的水。当我觉得有危险时，我就会进来把你的杯子里的毒药倒空，换上我为你准备的健康的饮料。就像现在这样。"

　　"毒药？你在说什么？先生。"凡兰蒂根本不相信伯爵的话。

　　"你先把这个喝了，今晚就不要喝任何东西了。"伯爵把口袋里的一只瓶子拿了出来，然后把里面红色的液体倒了几滴出来。凡兰蒂伸手去接，伸出一半还是缩了回来。伯爵看着她，明白了她的意思。于是自己喝了一半，递给凡兰蒂。这次她一口吞下了剩下的水。

"就是这个味道，这几天就是它减轻了我的病痛！谢谢您，伯爵先生。那么，您一定看到是谁把毒药倒进我的杯子里的，对吗？"

"没错。"

"您看见了？"凡兰蒂撑起身子，她冒出了冷汗。

"是的！"伯爵肯定地回答。

"那么，凶手是谁？"

"你先回答我，你从来没有看到过有人进你的房间吗？"

"我见到过人影，但是我一直以为那是我发烧时看到的幻影，就像您刚进来，我以为我又发昏了。"

"那么你不知道凶手是谁？"

"不知道，谁会想让我死呢？"

"那么，你就要知道了。"基督山仔细地听着门外的动静。

"什么意思？"凡兰蒂恐惧地环顾四周。

"凶手选定的时间就要到了，我要暂时离开。不要动，要让对方以为你睡着了，记住！"伯爵说完就消失在了门外，门被轻轻地关上了。

现在，只剩下凡兰蒂一人了，房间里寂静无声。她一直盯着房间里的时钟，她实在不明白，自己从不伤害别人，怎么会有人想害死自己呢？

她的心脏狂跳不止，完全睡不着。果然过了半个小时，门慢慢地开了。凡兰蒂觉得后背发冷，身体却不能动弹。

"凡兰蒂。"进来的人轻声叫着，凡兰蒂没有回应。随后，又是一片寂静，凡兰蒂听到了有一种很难觉察到的声音，那是液体倒进杯子的声音。

凡兰蒂鼓足勇气睁开了眼睛，哦！天！是维尔福夫人！

维尔福夫人注意着凡兰蒂的一举一动，听到她沉稳的呼吸，便放心地离开了。维尔福夫人刚离开，基督山伯爵又一次出现了。

"现在，你还怀疑吗？"

"我还是无法相信！她怎么会害我呢？"

"你有钱啊，凡兰蒂，你会继承一大笔无法想象的遗产。可是她的儿子呢？什么都得不到。"

"可是我死了，财产也不是她的啊。"

"如果你死了，你继承的财产会由你的父亲继承，而你的弟弟作为他唯一的孩子，就会从你父亲那里继承全部的遗产。"

"哦！不！那我注定要被害死了。"凡兰蒂满脸泪痕。

"相信我，你会好好地活着，凡兰蒂。既然我们已经识破了凶手的阴谋，那么我可以保证你会幸福的，但是你必须完全信任我。"伯爵郑重地说。

"我相信您，尽管吩咐我要做什么。"凡兰蒂下定了决心。

"你愿意亲自把你继母的罪行公布于世吗？"

"我宁愿去死，宁愿死！"

"你是好姑娘！我愿意救你！"

第二天，凡兰蒂也莫名其妙地去世了。这再一次震动了维尔福家，许许多多的人来到这里，与这位美丽的、纯洁的姑娘告别。玛西米兰尤其悲痛欲绝，他不停地抽泣，到最后几乎失去了力气，他想到了自杀。

在墓地安葬凡兰蒂时，伯爵看出了玛西米兰的想法，连忙上前制止了他。

"你是谁？你有什么权力来阻止一个人追求自由和理智！"几乎失去理智的玛西米兰大吼。

"我是谁？听着，玛西米兰，你父亲的儿子绝不应该死在这里，死在今天！"基督山伯爵双手交叉在胸前，庄严地走向青年。

"为什么你要提到我的父亲？"玛西米兰被那庄严的气势压住了。

"因为当你的父亲选择自我毁灭时，救他的人就是我。把钱袋给你妹妹的人，就是我。当你还是小孩子，我就已经把你抱起来和你玩。我就是爱德蒙·邓蒂斯。"

这一连串的事实让玛西米兰完全发懵了："您就是我父亲的救命恩人？！是您？！"

他终于回过神来，不停地感谢面前这位大恩人。可是过了一会儿，他又像一尊雕像一样一动不动了。基督山伯爵碰了碰他说："你好些了吗？"

"我又开始痛苦了，失去凡兰蒂的痛苦会让我死去的。"

"玛西米兰，我的朋友，以前我也曾经像你一样绝望，我也曾经下定决心杀死自己。你的父亲也在以前的一天中绝望地要杀死自己。当时如果有人对我们两个说活下去会很美好，相信我们也会难以相信。但是，你想想你的父亲拥抱你时，他多少次地赞美生活，而我也是……"

不等伯爵说完，一声叹息打断了他。"您丧失的是自由，我的父亲丧失的是财产，而我丧失的是凡兰蒂！"

"玛西米兰，你让我相信了你是多么伟大，你也要相信生活总会发生意想不到的事情。以后你会感谢我保护了你的生命，不让你自杀的。记住，二十天后，你到马赛的港口连叫三声'贾可布'，那时，会有一个男人带你上船去一个地方，那时你可以选择是死还是活。"基督山伯爵说完这句话，就神秘地离开了。

凡兰蒂死去后，维尔福不曾去看过自己的父亲。这个大房子的一切都变了，维尔福换了所有的仆人。他们的关系更加冷淡了。法庭在三天后就要开庭，维尔福把自己死死地关进房间，用狂热的心情准备卡德罗斯谋杀案的材料。这个事情像所有有关基督山伯爵的事情一样，已经轰动了整个巴黎。维尔福不得不更加专注于整件案子，其实这也是他作为父亲，摆脱痛苦的唯一方法。同时，维尔福在昏暗的房间里仔细思考着凶手是谁。他又想到了医生的话，发现三个家人的离去，最大的受益人就是维尔福夫人。

第二天，维尔福在去法院之前，来到了夫人的房间，他用冷酷的面容对着维尔福夫人。

"夫人，说吧，你平时把那瓶毒药放在哪里？"维尔福一针见血地说。

对方发出一声嘶吼，维尔福夫人尖叫一声，瘫软在了椅子上。

"您这是在说什么？我不明白您是什么意思。"

"我不是要你发问，而是要你回答。杀害我岳父岳母、杀害了仆人、杀害了我女儿的毒药，你放在哪里了？"

"是回答丈夫，还是回答法官？"维尔福夫人颤抖着问，她还存着希望。

"回答法官！夫人！"维尔福大声吼道。

女人的脸变得惨白，全身颤抖。"阁下。"她实在是发不出其他的声音了。

"不错，你没有回答，但也没有否认，你无耻地犯下了那么多次罪行。曾经因为医生的提醒，我居然诬陷了一位天使！可是凡兰蒂也死了，那么不确定也排除了！夫人，补救你的罪行，就要有更多人怀疑，最后就会公开。那么你就真的是对法官说话了。"

"哦！"那女人把头痛苦地埋进手里。

"你杀死了三位老人和一位姑娘。如果你不想上断头台，那么就用你自己剩下的那几滴毒药，让自己的痛苦消失吧。"

"求你饶了我！看在我们孩子的分上！求你！"维尔福夫人跪在维尔福面前，泪流满面。

"现在我要去宣判一个人的死刑，假如我回来时你还活着，那么今晚你就会被逮捕。"维尔福叹了口气，转身对着夫人鞠了一躬说，"永别了！夫人！"

第三十三章　开庭

卡德罗斯的谋杀案终于开庭了，被告安德里的真名原来叫贝尼台多。他镇定地面对法官和陪审团，说出了惊人的事实——他的亲生父亲就是维尔福检察官。他就是当年维尔福亲手埋掉的婴儿，他就是维尔福和邓格拉司夫人的私生子。一切罪孽的源头终于展露了出来。

在贝尼台多，也就是安德里出庭前，有个人曾去狱中看望了他。他就是基督山伯爵的管家，他曾经在伯爵的宴会上认出，那对假父子中的安德里就是贝尼台多。贝尼台多也认出了管家就是他的养父。管家只是询问了贝尼台多的亲生父亲后便离开了。贝尼台多的案子已经轰动巴黎。

他在短时间里，用显赫的安德里·卡凡尔康德这个身份结识了一大批友人。这些人对贝尼台多有太多好奇，所以不顾一切去旁听开庭的审判。

不一会儿，司仪用尖锐的声音喊："诸位！开庭了！"这声尖吼立刻让法院里恢复了肃静。法官和陪审员纷纷入座。维尔福是大家崇拜的对象，每个人都在望着那张冷峻的脸。从那张脸上，看不出一丝个人的情绪。

"带上被告！"法官说。随着法官的声音，贝尼台多从门中出现。他的目光很平静，竟然还用一种漠视的眼神看着大家。

维尔福检察官于是开始读起诉书，他用简洁的语言生动地描绘出犯罪的经过，还有犯人的经历与变化。光凭这一份维尔福费尽心力的起诉书，就可以知道这个贝尼台多无力挽回命运了。

"被告，你的姓名？"

"请原谅，我暂时不能回答。"

法官惊奇地看着他，又与陪审团面面相觑。

"你的年龄，这个可以回答，对吗？"

"二十一岁，或者更确切的是，再过几天我就要满二十一岁了。我是在一八一七年九月二十七号出生的。"

维尔福本来深低的头立刻抬了起来。

"你出生在哪里？"

"我出生在巴黎周边的阿都尔村。"这个答案对于维尔福简直是晴天霹雳，他又抬起头看着贝尼台多，脸上完全没有了血色。

"你的职业？"

"一开始我造假币，后来我偷东西，最后也就是最近我杀了人。"一片愤怒声响起，维尔福此刻只想出去透透气。

"现在，你可以说名字了吗？"

"我不知道我的姓氏，但我知道父亲的姓名。"贝尼台多说。大滴的汗珠从维尔福脸上滚下，他无处安放的手抓住了纸。

"好吧，说出你父亲的名字吧。"

这时的法庭安静极了，就算有针掉在地上也能听见。

"我的父亲就是检察官，他的名字是维尔福。"贝尼台多的声音平静极了。

人群中爆发雷鸣般的声音，从他们嘴中喷出的都是辱骂与讥讽。许多人围住瘫倒在地上的维尔福，不停地安慰他。

贝尼台多笑着说："我的父母抛弃了我，所以我无法讲出我的姓名，但是我知道我父亲的姓名，他是维尔福，我很愿意证明这一点。

"我出生在一个挂着红色窗帘的房间里，父亲抱起我，告诉母亲我已经死了，然后在后花园里活埋了我。有个人曾经发誓要找我的父亲报仇，他一直在寻找机会。终于有一天，他偷偷爬进父亲的花园，一刀刺向父亲，但是他却看到了地里的我。他本以为是宝藏，但挖开后才发现是我，并且我还活着。所以那个人把我带回了家，他对我很好，但是我没有选择幸福的生活，因为我天性就是邪恶的，我会走到这个下场，都是因为我的父亲。"

　　"你的母亲呢？"

　　"她认为我死了，她没有罪。"这时，人群中有一个女人发出了惊叫，便昏了过去。当她被抬出去时，掉落的面纱让所有人看到，那个人就是邓格拉司夫人。

　　"证据！在哪里？"法官叫着。

　　"您要证据？那就看看维尔福先生的脸吧。"贝尼台多大笑着。

　　每个人的目光都落在了维尔福身上，他这时正踉踉跄跄地走到了中间，头发散乱不堪，脸上全是手指抓的血痕。"不用什么证据，他说的是真的。"

　　大家惊慌地打着寒颤，哑口无言。维尔福从门口跌跌撞撞地走了出去，坐上了马车。在马车上，他看到夫人的扇子，立刻想到自己刚刚对她判处的死刑。他在深深地自责：她是因为我才变成罪犯，她只是受到传染！我居然让她自杀，不！她不能自杀！我们要一起离开，一起逃走。我是罪人！

维尔福催促马车夫加快速度，一回到家就冲进了夫人的房间。可是面前的景象让他不知所措，痛哭流涕。在房间的沙发上，维尔福夫人搂着儿子僵硬地躺着，他们两人已经死去很久了。他捡起一张写有夫人笔迹的纸：

你知道的，我是一位好母亲，因为儿子，我让自己变成罪人，好母亲不会和她的孩子分开的。

维尔福看着眼前的一切，使劲扯着自己的头发，摇晃着出了房间，却不小心撞在一个人的身上。那个人说："从此，你的债还清了。"

"上帝！基督山伯爵！"维尔福盯着他大喊。

"你说得不算准确，你再想一想，就在二十四年前，一个被你关进伊夫堡那阴沉绝望的黑牢里的人。"

"哈！我认出来了！你是……"维尔福喊着。

"爱德蒙·邓蒂斯！"

"对！你是邓蒂斯！那么你跟我来。"他紧紧地抓起伯爵的手，上了楼。

"看啊！爱德蒙·邓蒂斯！你的仇报了吧！看看我无辜的儿子！你的仇报了！"维尔福恶狠狠地指着自己的夫人与儿子吼道。

　　基督山伯爵看到面前的一切，立刻冲上去对孩子施救，但是一切都太迟了！他的脸上露出了难以形容的悲哀。

　　"我的孩子！"维尔福喊着，他的眼睛拼命地睁大，突然他失去了理智，大叫一声冲下了楼。他发出一阵大笑，拿把铲子疯狂地在地上挖。"这里没有，那我的儿子，我把你埋到哪里了？"

　　基督山惊恐地向后退去。"他疯了！"伯爵开始怀疑自己，他开始认为自己并没有权利这样做。

第三十四章　离开

　　基督山伯爵亲眼看到维尔福的小儿子的不幸死亡，这让他对自己所做的一切产生了怀疑，他开始怀疑自己是否有权利去惩罚他们。他不再平静，他要找到答案。所以他选择离开巴黎，回到事情发生的地方——马赛。在马赛，基督山伯爵能找到心中的答案吗？

　　接连发生的几件大事，已经在整个巴黎传得沸沸扬扬。艾曼纽和他的妻子裘丽在房间中惊奇地谈论着这些事。他们试着把马瑟夫伯爵、邓格拉司男爵和维尔福检察官的意外事件联系起来，这让过去拜访他们的玛西米兰在一旁特别没精打采。

"真的是不可思议，艾曼纽，你看他们昨天还是那么的富有和快乐，可是却突然遭到这样的祸事。"裴丽皱着眉头说。

"真是想不到，会接二连三地发生这些可怕的祸事。"艾曼纽感叹着。

"多痛苦！"裴丽想到了凡兰蒂，可是她知道，在哥哥面前绝不能说这个名字。

这时铃声响了。这表示来了一位客人，基督山伯爵出现在门口。那对年轻的夫妇欢呼着，玛西米兰抬起头看了一眼，就立刻垂下了头。

"玛西米兰，我是来找你的。"

"找我？"玛西米兰重复了一遍，如梦初醒一般。

"是啊，我们昨天不是一起约定，要我带你走吗，你准备好启程了吗？"

"准备好了，我就是来向他们告别的。"玛西米兰回答。

"你们这是要去哪里？"裴丽问。

"先到马赛去，夫人。"伯爵回答。

"马赛！"年轻夫妇喊道。

"是，你们的哥哥会和我一起去。"

"那么如果您治愈了他的抑郁症，能把他还给我们吗？"裘丽认真地说。玛西米兰转过身，掩饰自己的表情。

"我可以负责改变他。"伯爵回答。

"那么再见了，艾曼纽！裘丽！告辞了！"玛西米兰大声地说。

"这就告辞了？你想就这样突然离开吗？护照和衣服都不用准备吗？"

"迟延会让离别更加悲哀，玛西米兰一定已经准备好了，因为我已经忠告他了。"

"我有护照，衣服也收拾好了。"玛西米兰一直是一种忧伤宁静的表情。

"很好！我看到了一个训练有素的军人的速度。我的车子在等着我们，我要在五天内赶到罗马。"

"玛西米兰也去罗马吗？"艾曼纽喊。

"我听从伯爵的安排。"玛西米兰回了一个悲哀的微笑。

"他说的话怎么变得这么奇怪，伯爵？"裘丽担心地说。

"玛西米兰和我一起走，所以你不用担心。他会高高兴兴、面带笑容地回家的，相信我。"基督山伯爵用极有说服力的语气说。

玛西米兰向伯爵投去了一个轻蔑，甚至是愤怒的目光。"好了，再次告别，亲爱的妹妹，再见，艾曼纽。"

"在您离开之前，伯爵，我希望将来有一天……"

"夫人，"伯爵打断了裴丽的话，"你所讲的绝比不上我从你眼睛里读到的意思，我完全明白您的意思。其实像我这样传奇小说中的恩人，临走时绝不该来看你们，但是我没有那样的美德，我只是软弱空虚的人，我喜欢你们给我的温柔和感激。请允许我对你们说别忘记我，因为大概我们无法再相见了。"

"永远都见不到了吗？"两行泪水从裴丽和艾曼纽的眼中流出。

出发的时间到了，一行人依依惜别。伯爵和玛西米兰乘着这艘船，以惊人的速度驶离了港口。他们到达了马赛。两个人一看到建筑物都是小时候的样子，心就被拨动了，他们都曾在这里玩耍过，奔跑过。

"就是在这里，我的父亲在这里看到'埃及王'号船进港。就是在这里，你救了我的父亲，让他重新获得名誉。他在那时扑进我的怀里，我现在似乎还能感觉到他粘在我脸上的泪水，旁观的人们在那时都哭了！"玛西米兰握紧了伯爵的手臂。

这时，一艘大船正在准备出航，一个女人正在向船上的一个人挥手。如果玛西米兰没有把注意力全放在船上，他一定会发现，当伯爵看到那个女人的时候那满脸的激动。

"看啊！是阿尔培！"玛西米兰突然大叫，"是他！那个挥着帽子的年轻人就是阿尔培！"

伯爵微笑着，转身看到刚才那个女人不久就消失在街上了。

"玛西米兰，你先去看看你父亲的墓地吧，我去拜访一个朋友。"他们约好了相见的时间、地点，玛西米兰便离开了。看着玛西米兰走出了自己的视线，伯爵开始向米兰巷走过去。他看到了那所小房子，它和以前还是一个模样。现在伯爵把整幢房子都交给美茜蒂丝管理。他看到那女人郁郁寡欢地离开码头，当她回过头，发现一个人站在她的身后。

"夫人，我已经没办法恢复您的快乐，但是请您接受我作为朋友的安慰。"

"我真的是薄命啊，我只有一个儿子，现在他也离开我了，我只有孤单一个人。"美茜蒂丝回答。

"阿尔培有一颗高贵的心，他做的是对的。如果他一直在您身边，那么他的生命将没有意义，他也无法分担您的忧愁。他现在去和命运抗争，那么一定能把逆境变成顺境，他会为你们创造更加美好的将来。相信我，他没有问题！"

"您所说的顺境，我祈祷他一定会得到。但看来我自己是不能享受了，我觉得自己已经离坟墓不远了。您是个好人，是您把我带回了这个我曾经快乐的地方，人就应该死在自己曾经快乐的地方。"

看着美茜蒂丝那么绝望，伯爵走上前，轻轻握住了她的一只手。"不！"美茜蒂丝抽回自己的手，"我知道您要说一些安慰我的话，您选择饶恕我，但是我才是您要报复的人中最有罪的一个。当所有人都没有认出您，我认出了您以后，我只选择让我自己的儿子活下去，却没有拯救我的丈夫。虽然他有罪，但是我却没有想到，他是因为我才变成这样。现在我舍弃了他，让他舍弃了生命。我是背叛情义的人！"美茜蒂丝说话时，泪水不停地滚落下她的脸颊。

"不，您太严厉地审判自己了，您是高贵的，是您软化了我的心。在我离开前，美茜蒂丝，您没有什么要求吗？"伯爵恭敬又担心地说。

"在这个世界上，我只希望一件事，那就是我的儿子会幸福。"

"那么祈祷上帝能保佑他，我也会努力让他幸福。"

"谢谢你！邓蒂斯！"

"您自己难道没有任何要求吗？美茜蒂丝，我说这话不是要责备您，我觉得您放弃接受马瑟夫先生的遗产，这是一种不必要的牺牲。他的财产至少有一半是您理应接受的，因为那都是您勤俭持家的结果。"

"我知道你的意思，可是我无法接受，邓蒂斯，我的儿子不会允许我这样做的。"

"一切当然应该先得到阿尔培的同意，我会亲自去问他。但是如果阿尔培同意，那么您会接受吗？"

"那么，我是肯接受的。"

基督山伯爵低着头，他为她深沉的悲哀感到难过。"难道您不愿意对我说一句'再见'吗？"伯爵伸出了手。

"当然愿意，我要对您说句'再见'，因为这两个字表示我还怀有希望。"美茜蒂丝伸出自己颤抖的双手，握了握伯爵的手，就冲上了楼。

基督山伯爵慢慢地向码头走去，慢慢地。美茜蒂丝就坐在老邓蒂斯曾经住的那个小房间的窗户旁。但是她没有看着他离开，她只是远远地看着茫茫大海上自己儿子所在的船。可是她还是不由自主地用轻轻的声音叫着："邓蒂斯！邓蒂斯！邓蒂斯！"

伯爵带着一颗悲伤的心离开了那座小房子，这一离开，也许真的再也见不到美茜蒂丝了。自从维尔福的小儿子不幸去世后，基督山伯爵的内心产生了极大的变化。在他走过漫长的艰苦之路，终于到达复仇的顶峰时，他看到了一个怀疑的深渊。刚才和美茜蒂丝说的那一番话，让他想起来许多的过往。现在他必须和回忆搏斗，他长期沉浸在这样的状态中是绝对不行的。他思考着，既然自己有了自责的念头，那么这么多年的计划中一定有错误。

"我不能再自己欺骗自己了！我现在使用错误的眼光回忆过去。往事就像是我们经过的地方，走得越远，就会变得越模糊。那么让我回顾一下自己饥饿痛苦的生活吧！"基督山伯爵就这样一面沉思着，一面在街上走。二十四年前的夜里，他就是在这条街上被沉默的宪兵押走的。路边的房子，如今看来是那样充满生气，然而在那个晚上却是门户紧闭，黑漆漆的。走着走着，他到达了码头，当年就是在这里，乘上了那艘通往地狱的船。他要再去那个地狱看一看。

天气好极了，鲜红的、有着万丈光芒的太阳渐渐地向水里沉下去。通往伊夫堡的船在平静的海水上静静地划着。过去的种种都在基督山伯爵的脑海中鲜活了起来。痛苦的回忆渐渐压向基督山伯爵，天空也渐渐地被黑暗遮住。当船终于抵达时，伯爵已经本能地退到船尾了。他记得，就是在这块岩石上，他的后背被刺刀抵着走进了伊夫堡。对于邓蒂斯来说，这是一段漫长的旅程，但是对于基督山伯爵，这旅程却非常短暂。船每向前走一下，他的回忆就翻江倒海地涌了出来。

如今伊夫堡监狱已经不再关押犯人了，而是住着防止走私的警员。一个人等在门口——他作为向导，要引导访客参观这个恐怖的遗迹。伯爵知道这里已经不再是监狱了，但是当他走进去时，脸色仍然不由自主地变成了惨白色。他全身冰冷地询问："这间监狱有怎样的故事吗？我简直无法想象这里曾经关押过人类，这里有什么传说吗？"

"是的，我曾经听说一个黑牢的故事。你想听这个故事吗？先生。"向导问道。

"是的，请讲吧。"伯爵用手掌强压着狂跳的心脏，他有些害怕别人诉说他的往事。

"这黑牢里曾经住过一个非常危险的犯人，因为他有着叵测的计谋。另外还有一个人也关在这里，但是他不坏，他只是可怜的疯长老而已。"

"哦？真的吗？他发疯的病症是什么？"基督山伯爵问道。随着伯爵一个一个的问题，向导把"27号"和"34号"犯人的故事讲给了他听。如今，监狱中还有着一份纪念品，那就是法利亚长老写字的布条。伯爵听到这里说：

"去把那布条拿过来，我很感兴趣。我在这里等你，放心吧。"看着向导出去后，伯爵跪在法利亚长老的床前，感叹道："哦！我的再生父亲！是您给了我财富，给了我知识，给了我自由！您就是神一样的存在，能分辨善与恶。高贵的心啊！请您给我一些启示，让我不再怀疑，不再迷茫，不再悔恨。"伯爵低垂着头，双手合十。

"先生，拿来了。"一个声音突然出现在伯爵背后，这让他吓了一跳。他站起来接过那一卷布片。这些布片是法利亚长老全部的知识宝藏。伯爵急忙翻开，看到了题记："你将拔掉龙的牙齿，你将把狮子踩在脚下。"

"这就是答案！谢谢您，我的父亲！"他把夹着一千法郎的皮夹给了向导，把布片藏在怀里，冲出了地道。这些布片对他来说，远比珍珠黄金更加珍贵。

"回马赛！"伯爵跳上了船，喊道。船渐渐地离开了伊夫堡，伯爵转过身死死地盯住这座阴森的监狱。

上岸后，伯爵走向坟场，他知道在那里一定会找到玛西米兰。十年之前，他也曾虔诚地去寻找一座坟墓，可是富有的他却无法找到自己被饿死的老父亲的墓。莫莱尔先生就幸运得多，他是在儿女的怀抱里去世的。这时，玛西米兰正靠在一棵树上，两眼直直地盯着父亲的坟墓，他的悲哀已经让他几乎失去知觉。

"玛西米兰，"伯爵叫醒伤心的人，"在来的时候，你向我要求在马赛多住几天，你现在还是那样希望的吗？"

"我只是想，在这里，我可以少一些痛苦。"

"好吧，但是我必须离开你，你一定要记着我们之间的诺言。"

"伯爵，我不会忘记的。"玛西米兰虚弱地回答。

"好，我相信你，你是一个遵守诺言的人。听着，玛西米兰，我知道有个人比你不幸得多。"

"这是不可能的。谁还能比一个在世界上失去了他所爱的一切的人更痛苦呢？"

"听着，这个人和你一样，曾经把幸福全都寄托在一个女人的身上。他是那样年轻，有着爱他的老父亲，有着美丽的未婚妻。可是就在他快要结婚，快要获得幸福时，命运中的一场波折夺去了他的一切，将他埋在了一间阴森的黑牢里。十四年，他在黑牢里葬送了十四年。"

玛西米兰打了个寒颤。重复着："十四年！"

"是的！十四年！在这期间，他曾经有那么多次想过自杀，他和你一样认为自己是世界上最不幸的人。人的眼睛如果蒙着泪水，是不会看清眼前的东西的。但是就在他到达绝望的顶端时，他拥有了一位年长的狱友，他教会了他忍耐与等待。一天，这个人神奇地离开了监狱，变成了有钱有权的人，他第一时间就去找自己的父亲，但是他的父亲已经去世了。"

"我的父亲也去世了。"玛西米兰痛苦地说。

"你的父亲是在你的怀抱里闭上双眼的，他是那么受人尊敬，快乐地度过生命中最后的时间。但是那个人的父亲却是在绝望、穷苦中死去的。他的儿子甚至都无法找到他的墓地。这个人是比你更不幸的。"

"他至少有她爱着的女人。"

"不，你错了，玛西米兰，那个女人更坏，她嫁给了迫害她未婚夫的人。所以，玛西米兰，他是比你更不幸的人。但是，他现在已经找到了自己的那份安宁，并且依然希望得到快乐。"

玛西米兰陷入了深深的思考，他凝重的眼神代替了悲伤。"我一定遵守你的诺言。"这回他坚定极了。

"十月五日，我会在基督山岛上等着你。一艘游艇会在四日来接你，那艘船叫'欧罗斯'号，你把名字告诉船长，他就会把你带来见我了。我们说定了，好吗？"

"说定了，我会照你的话做。但是你要记得十月五日……"

"我记得，如果那一天你还想死，那么我会帮你。再会了，玛西米兰。"

伯爵登上了一艘汽船，黑色的烟囱里喷出了像鹅绒一般的白色水蒸气。一小时之后，这水蒸汽已经和地平线上的夜雾融为一体，分辨不清了。

第三十五章　饶恕

邓格拉司这时已经逃到了罗马，他心中的小算盘把自己的未来规划得天衣无缝，他是那样自满，准备去好好享受人生。但是罪恶的人是不会那样顺利的，在他刚离开罗马时，就被绑架了。绑他的人就是罗杰·范巴。邓格拉司会面临怎样的命运呢？

在基督山伯爵乘坐的汽船消失在地平线上的同时，一个人正乘着驿车赶往罗马。他把驿车赶得飞快，简直快到不可思议的地步。这个人就是带着钱财逃跑的邓格拉司男爵。他一到罗马，就迫不及待地冲向了汤姆生·弗伦奇银行，在那里，他把基督山伯爵开的五百万法郎的收据换成了汇票，办好一切手续后，他又坐着租来的马车向威尼斯出发。

邓格拉司的心里又开始打着如意算盘，他准备在威尼斯先取出一部分钱，然后到维也纳住下来，因为他一直听说维也纳是一个寻欢作乐的好地方。他舒舒服服地躺在自己租来的华丽马车里，想着自己天衣无缝的计划。

天色很快暗下来了，他想着：等到了第一个驿站，我就停车。他知道距离第一个驿站只有十公里路了。他自满地认为自己是一个幸运的破产银行家，眼前，他就要舒舒服服地休息一晚上了。

不久，马车停下来了，邓格拉司兴奋地以为自己到达了盼望已久的地方。他坐了起来，看向窗外。他脑海中勾勒出的场景是一个城镇，至少也是一个村庄，可是眼前却是一片废墟，三四个像幽灵一样的人走来走去。他惊讶极了，使劲推开车门，想一探究竟，可是一只强有力的手又把他推了回去。本来在自己勾勒的梦境中微笑的邓格拉司完全清醒了，他吓得目瞪口呆，又打开了窗子，用蹩脚的意大利语问："朋友，这是要去哪里啊？"

"头缩进去！"一个声音庄严而蛮横地响起。

他立刻服从了，因为他看见了一个威胁的手势。"我一定是被捕了。"邓格拉司额头直冒汗，他担惊受怕地倒在椅子上，继续动着脑筋，想着如何脱险。一小时过去了，马车经过的每一个地点都在告诉他，他们是在走回头路。可是突然，邓格拉司看到马车就要撞上一个黑压压的庞然大物时，突然转弯，那个庞然大物被甩在身后。那就是罗马的城垒，他们出了罗马城。

"不好！我们不是回罗马，他们不是警察！我不是被捕了。"邓格拉司否定了自己刚才的猜测，可是紧接着，另一个猜测出现在他的脑海里，以至于他的头发都竖了起来。"他们是强盗！"

邓格拉司没有猜错，他被绑架了。当他在罗马取款时，他就被强盗盯上了，成了强盗的猎物。这些强盗的首领就是罗杰·范巴。

只听马车右边骑马的人发出了一声口令，马车便停在了一个墓地前。左边的车门已经打开，"下来！"虽然邓格拉司不懂意大利语，但是他已经本能地下了车。他看了看四周，发现自己被四个拿着枪的人围着。这四个男人凶狠地推着他往前走，一直把他押到了墓地深处戒备森严的一所小房子里。邓格拉司被关了起来。这下他更加确定自己是被绑架了。但是他的心情平静了一些，因为他知道自己口袋里有五百万法郎的汇票，他相信自己一定不用费太大力就能恢复自由，于是安静地睡着了。

第二天，邓格拉司醒来的第一件事就是摸自己的口袋。他的口袋里原封不动地躺着五百万法郎的汇票，金表也好好地待在口袋里。"真是奇怪的强盗！他们居然没有抢走我的钱财，那他们是要干什么？让我来看看现在的时间。"如果不是这只表，他在这黑漆漆的小屋里是根本无法知道时间的。

钟表上的时间指向五点半，邓格拉司思考着自己是否要和强盗谈判，最后他选择了等待。这一等就到了中午，他趴到了小屋的门口看外面的动静。这时他看到了看守一个正在大口地咀嚼着食物，那些糟糕的食物，如果是摆在以前的邓格拉司男爵面前，他一定会躲得远远的。可是现在，对于饥饿的邓格拉司来说，它们有着强大的吸引力。

邓格拉司敲了敲门，说："我饿了，该到时间给我吃的了吧？"不知道是那个看守听不懂他的话，还是因为没有接到要给说话的人食物的命令，总之这个看守没有回答，继续吃着自己的午餐。邓格拉司的自尊心受到了打击，决定不再和看守说话。

过了四个小时，另一个强盗来和看守换班了。这个时候，邓格拉司的胃已经疼得像有什么东西在咬他一样。他又站起身来，拍拍门，温和地说："对不起，先生，请问没有给我准备什么东西吃吗？"

"大人有点儿饿了？"看门人问。

238

邓格拉司在心里低吼："有点儿？！我已经二十四小时没吃东西了！"但他压制住自己内心的狂吼，温和地说："是的，我饿了，非常饿。"

"那是最容易的事了，我们这里什么都有，但是得付钱。"

付钱这个条件虽然奇怪但也不算苛刻，饿极了的邓格拉司急忙说："好吧，请给我一只鸡吧！越快越好！"

不一会儿，一个青年就头顶银盘出现了，盘子里是一只鸡。看到这一幕，邓格拉司自言自语地说："这件事是在咖啡馆里才会出现啊。"

看守从青年头上取下鸡，说："请原谅，我们这里都是先付钱再吃饭的。"邓格拉司想到了，所以从口袋里拿出一个钱币抛给了看守，他觉得买一只鸡这已经够多了。

"哦，大人，我收下了，可是这只鸡需要十万法郎，您还欠我钱呢。"看守严肃的表情告诉邓格拉司，他没有在开玩笑。

"什么？一只鸡要十万法郎！"邓格拉司很是气愤。看守也没有让步，他一挥手，青年就把那只鸡端走了。邓格拉司气愤地躺在床上，看守重新关上门，继续吃着自己的食物。

邓格拉司的胃疼得几乎像穿了底一样，就这样待了半个小时，但他觉得就像一个世纪一样的久。终于他还是忍不住，站起身问："老实说吧，你们到底要怎么样？"

"哦，大人，应该是您想怎么样，我们会照办。"

"那么，我要吃东西！吃东西，听到了吗？"

"您喜欢吃什么呢？"

"这个鬼地方的鸡那么贵，那我就要一块干面包！"

"好极了。"说着，看守就拿来了一小段干面包。

"多少钱？"邓格拉司问。

"十万法郎。"

"一块面包也十万法郎！一只鸡也是十万法郎啊！"邓格拉司简直要气晕过去了。

"我们这里不是给菜定价的，而是每餐都有定价。所以不论你吃什么，都是一样的价钱。"

"这简直是开玩笑！你叫我怎么付钱？难道我会随身带十万法郎现金出门吗？混蛋！"邓格拉司怒吼。

"您的口袋里有五百万法郎呢。十万法郎的鸡您可以吃五十只呢。"

邓格拉司突然觉得他的处境可怕极了，他明白了，他之前认为强盗不抢钱的想法是多么愚蠢。"我付给你十万法郎，你真的会让我安稳地吃吗？"

"那是当然的。"

邓格拉司付了十万法郎，他一面吃鸡，一面叹气，这只鸡在他眼里简直瘦极了。

　　只过了一天的时间，邓格拉司就又饿了。他很会精打细算，事先把半只鸡藏在了地牢的角落里。他本来以为这回肯定不会再花钱了，但是当他吃完东西后，口渴的感觉却接踵而来。他一开始只是忍着，但是没过多久，他已经口干舌燥了。

　　"我要喝的东西。"邓格拉司终于忍不住对看守说。

　　"您要知道罗马的酒很贵的。"

　　"那就给我水吧。"

　　"水可更珍贵啊。"

　　"那给我最便宜的。"

　　"都是一样的价钱，两万五千法郎一瓶。"

　　到了这个地步，邓格拉司不再挣扎了，他又给了看守十万法郎，吃着喝着昂贵的饭菜。他又饿了自己两天，想着怎样逃脱这里，可是他看着周围严密的墙壁，只是感到绝望。他决定听天由命，既然自己已经受了这么多的苦，他不想再受苦，决定答应任何要求。于是他开出了一百万法郎给看守，吃了一顿丰盛的晚餐。

　　邓格拉司就这样大吃大喝了十二天，他开始算账，发现自己只有五万法郎了。他有了奇怪的反应，他决定决不放弃这五万法郎。他宁愿再次忍受饥饿的折磨。

三天漫长的时间就这样过去，邓格拉司成天胡言乱语，神志不清。他似乎透过门窗看到，在一间破房子里，一个老人躺在床上，他已经饿得奄奄一息了。

第四天，邓格拉司已经饿得不成人样了，就像一具活尸。他捡完了以前掉在地上的每一粒面包屑，最后开始将干草往嘴里塞。

他开始恳求看守，希望看守可以给他东西吃，他对看守说自己愿意出一千法郎买一小块面包，但是却没有人理他。

第五天，他爬到门边，痛苦地喊："首领！首领！"

"我在这里，你要干什么！"罗杰·范巴站在门口。

"把我最后的钱拿走吧，我不要自由，我只想活下去。"邓格拉司绝望地哭喊。

"那么您真的感受到痛苦了？"

"是的！我痛苦极了。"

"可是，有人比你承受过更大的痛苦。"

"不会的。"

"有，就是那些被活活饿死的人。"罗杰·范巴大声地说。

邓格拉司想到了自己在神志不清时看到的那个老人，

他把头撞向地面，呻吟着。

"你忏悔了吗？"一个低沉而庄严的声音响起。这声音让邓格拉司头皮发麻，他抬起头，看到在范巴后面，站着一个裹着披风的人。

"我忏悔什么？"邓格拉司颤抖着，结结巴巴地说。

"忏悔你做的所有恶事！"

"我忏悔！我忏悔！"邓格拉司用自己脆弱的拳头捶着自己。

"那么我饶恕你。"裹着披风的人摔下披风，走进了亮光里。

"基督山伯爵！"脸色苍白的邓格拉司因为恐惧，全身颤抖着。

"不，你错了，我不是基督山伯爵。"

"那你到底是谁？"

"我是谁？我就是被你出卖，被你污蔑的人！我被你当作升官发财的一块垫脚石，我的父亲因为你被活活饿死。我本来已经判决你死于饥饿，但是我饶恕你了，因为我也需要饶恕。我就是爱德蒙·邓蒂斯！"

"啊！"邓格拉司痛苦地喊叫，在地上缩成一团。

"起来吧，你安全了。你的同犯可没有那么幸运。他们两个一个疯了，一个已经死了。留着你可怜的五万法郎吧，算是我送给你的。至于你从养老院那里抢来的五百万法郎，我已经还给他们了。你现在可以好好吃一顿了。范巴，等他吃饱了就还给他自由吧。"伯爵说完后就离开了。

邓格拉司依旧趴在地上，等他抬起头，发现两旁的强盗们都向他鞠躬。范巴依照伯爵的话，好好款待了邓格拉司，并且用自己的马车载着他离开了墓地，将他放在了路边。邓格拉司在树下待了整整一夜，他不知身处何地，等到恍恍惚惚走到小溪边准备喝水时，他看到自己的头发已经全白了。

第三十六章　远行

十月五日到了，玛西米兰如约到达了基督山岛，见到了基督山伯爵。可是他没有减轻痛苦，他坚定地选择了死亡。基督山伯爵也遵守自己的约定，答应让他没有痛苦地死去。生命的逝去会是最后的结局吗？

一艘整洁、漂亮的游艇在黄昏的薄雾中前行。"这就是基督山岛了吗？"船上的青年旅客用阴郁的声音问。

"是的，大人，我们到了。"游艇的船长说。两个人登上了岛，天色已经完全黑了。青年四下望着，希望有人为自己引路。他正要转过身时，一只手落在他的肩膀上，吓了他一跳。

"您好！玛西米兰。你很遵守时间，谢谢你。"

"伯爵！"玛西米兰用欢喜的声音喊，双手紧握住了基督山伯爵的手。

"你看，我和你一样地遵守约定，我为你准备了住处。在那里你会忘记疲劳和寒冷。"

玛西米兰望着伯爵，很惊诧："您和在巴黎的时候不一样了。"

"为什么？"

"因为您笑了。而我要对您说，一个将死的人向您致敬。"

"你还没有减轻痛苦吗？"

"怎么能够减轻痛苦，请您让我愉快地走进死亡吧。"

"跟我来吧。"伯爵说。玛西米兰机械地跟在伯爵身后，不觉中走进了一个岩洞。那个岩洞里是一片灿烂的灯光，香气弥漫。玛西米兰停下脚步，说："我明白您为什么要带我来这个孤岛上了。因为您爱我，所以想让我愉快地死去。"

"是的，你猜对了。这就是我的本意。"伯爵说。

"谢谢您，伯爵，我一想到自己明天就不会再痛苦，就很欣慰。"玛西米兰平静地说。

"好，既然你决定要死，那么坐下来，玛西米兰，等一会儿。"伯爵站起身，从身后的小柜子中拿出一只精致的银箱子。接着打开了箱子，拿出一只小金匣子。然后用银匙舀出一点点淡绿色的液体。"好了，这就是你要的东西。它会让你在死的时候感到快乐，没有痛苦。"

"感谢您，伯爵，感谢您的高尚和慷慨。永别了，我的朋友，我会把您的一切告诉凡兰蒂的。"玛西米兰说着，就毫不犹豫地吞下了那淡绿色的液体。渐渐地，玛西米兰闻不到那弥漫在屋里的香气了，只能看到伯爵的双眼。

巨大的忧伤扑向玛西米兰，他多么希望再握一次伯爵的手，可是他的手已经无法动弹。他多么希望向伯爵做最后的告别，可是他却张不开嘴。终于，玛西米兰疲惫地闭上了双眼。"凡兰蒂！凡兰蒂！"玛西米兰灵魂的深处不停地呼唤着这个名字。

这时，他似乎看到了朝思暮想的凡兰蒂。这都是幻觉吧，玛西米兰模模糊糊的意识提醒着自己，这是不可能发生的事情。不知过了多久，玛西米兰苏醒了，他的嘴里吐出微弱的气息。

"哦！伯爵欺骗了我，我没有死！我还活着！"玛西米兰绝望地拿起身旁的小刀。

"亲爱的！是我！"凡兰蒂抓住了玛西米兰的手。

"啊！"玛西米兰大叫一声。凡兰蒂还活着，这不是幻觉！他紧紧抱住了她。

凡兰蒂告诉玛西米兰，是基督山伯爵担心凡兰蒂就算康复也会再次遭到毒害，所以让她喝下了一种药，进入假死的状态。等所有人都相信了凡兰蒂去世了之后，又从坟墓里把凡兰蒂救了出来。因此凡兰蒂活了下来，凶手也遭到了惩罚。

奇迹的一夜就这样过去，两个年轻人走出打开的岩洞，天空中最后的几颗夜星还闪烁着光芒。他们看到一个人从远处走来，他是那艘游艇的船长，贾可布。

玛西米兰带着凡兰蒂走向他，船长交给他们一封信。

亲爱的玛西米兰：

　　岛的边上停着一艘帆船，贾可布会把你们带到里窝。在那里，诺梯埃先生正在等待他心爱的孙女。朋友，这个岩洞里的一切，还有我在巴黎的两所房子都是爱德蒙·邓蒂斯赠予他老船主的儿子的结婚礼物。凡兰蒂将与你分享这笔财产，因为她的父亲已经疯了，她的母亲和弟弟一并去世了。她继承的财产将造福于穷人。玛西米兰，请告诉那位和你共度一生的天使，请她时时祈祷，为一个像撒旦一样的人祈祷。因为那个人曾经以为自己有上帝一样的权利，但是他现在自卑地承认并非如此。她的祈祷可以使他没有那么内疚。

而你，玛西米兰，我要和你说一些知心话。在这个世界上没有快乐，也没有痛苦，只是一个状态和另一个状态的比较而已。只有曾经承受过最悲痛的痛苦的人，才能体会到最美好的快乐。玛西米兰，我们必须经受死的痛苦，才会体会到生的快乐。

所以，我心爱的孩子。去享受生命的无限快乐吧！一定要铭记，人类的一切智慧都包含在四个字里，那就是："等待"和"希望"。

你的朋友：基督山伯爵（爱德蒙·邓蒂斯）

这封信让两个年轻人流下了热泪。玛西米兰对贾可布说："朋友，请带我去见他。"

贾可布只是指着地平线。

"这是什么意思？"凡兰蒂问道。

"看啊！"贾可布说。

两个人的眼睛随着贾可布的手，看向了他所指的方向，就在那分割蓝天和大海的银线上，一艘白色的帆船出现在他们的视野里。

"别了！我的朋友，我的父亲！"玛西米兰大声地喊着。

"别了，我的朋友！"凡兰蒂哽咽地喊着。

"谁知道我们还会不会再相见呢？"玛西米兰热泪盈眶地说。

凡兰蒂轻声地回答："伯爵不是已经告诉我们了吗？人类的一切智慧都包含在四个字里，那就是：'等待'和'希望'。"